DEUX SEMAINES EN JANVIER

Roman

Michel N. Christophe

Copyright © 2016, 2024 Michel N. Christophe
ISBN: 978-0-9987045-0-0
Printed in the U.S.A.

DEUX SEMAINES EN JANVIER

À tous ceux qui veulent dire oui à la vie

À la stupéfaction de son père, pour la première fois en vingt ans, l'étudiant manifestait un intérêt pour sa famille paternelle. Prince avait exprimé le désir de rendre visite à sa grand-mère antillaise. C'est Jodie qui, au téléphone, lui communiqua le vœu de leur enfant. C'était inattendu. Il avait espéré depuis longtemps un tel retournement de situation. Il fallait mobiliser le temps et les fonds, et honorer sa requête. Cela faisait deux ans déjà que Shah n'avait pas vu sa famille.

Comme indiqué dans le mail reçu trois semaines auparavant, le vol Washington/Pointe-à-Pitre dura quatre heures. L'absence de service à bord n'indisposait ni Shah ni Prince. Ils avaient partagé une collation au bar de l'aéroport une heure avant le départ.

Shah pensait avoir perdu le fils qu'un divorce anticipé s'était évertué à lui contester. Se retrouver en Guadeloupe entouré des gens qu'on aime, en plus d'échapper à l'hiver pendant deux semaines, que demander de plus ?

À travers un hublot étriqué, il apercevait déjà une terre verdoyante. En réalité, ce voyage était un pèlerinage. Un enracinement nécessaire et incontournable. À l'aéroport Pôle Caraïbes, un douanier inspecta le passeport de Prince avec grand intérêt. Trahi par son nom, le jeune homme, décida-t-il, venait bien d'ici, mais le français approximatif dans lequel il s'exprimait, indiquait qu'il était aussi d'ailleurs, pas complètement d'ici même. D'un ton sévère, il lui intima :

— Profitez de votre séjour pour vous ressourcer.

De l'autre côté d'une épaisse vitrine, les grands-parents attendaient. Autrefois guillerets, de bons vivants, ils paraissaient fatigués à présent. Leurs peaux s'étaient encore affinées. Shah tolérait difficilement l'usure effrontée qui chaque fois qu'il posait les yeux sur eux s'incrustait un peu plus ! Les soixante-dix ans passés, chaque année le temps laissait sur leurs corps une entaille plus profonde que la précédente. Mamie Awa, elle aussi avait du mal à s'y faire. Rayonnante, elle leur montrait ses belles dents, fière de revoir ses mâles, deux générations sur lesquelles reposait l'avenir de sa famille. Savoir qu'elle en était la souche l'excitait. Elle avait l'impression qu'ils n'avaient peur de rien. Il fallait regagner Basse-Terre, libérer le beau-père au plus vite pour son domino quotidien. Ses amis l'attendaient.

Le retour de Shah, le fils du pays, se faisait en grande pompe, orchestré par un concert de klaxons dissonants et aigris. Il en devenait solennel. Tout ce monde lui portait hommage. Autrefois, nerveux dans sa conduite, comme jamais auparavant, les effets de l'âge se faisaient ressentir. À présent apeuré au volant, le beau-père dirigeait un cortège encombrant. Plus proche d'un char à bœufs, la voiture lambinait. On craignait l'accident. L'excitation au-dedans se disputait à l'agacement au-dehors. Fusant de tous bords, les questions animaient une discussion bon enfant. Qu'il faisait bon de se sentir enfin chez soi ! Les riffs de tubes à la mode beuglant de la radio entrecoupaient le verbe. Au moment où la route s'épaissit, le ton changea pour faire place au silence, les avis d'obsèques au générique sempiternel finirent par s'imposer. Puis plus rien. La nuit chaude avançait, sinistre et taciturne.

Arrivé devant la maison familiale autrefois impériale, Shah réprima une larme. La tristesse tentait de l'accabler. À la hauteur de l'impuissance des maîtres des lieux, de mauvaises herbes poussaient dans le caniveau juste devant la maison. Elles signifiaient le désarroi de la masure qui jamais, auparavant n'avait souffert d'un manque d'entretien si flagrant. Comme le reste du quartier, disait-on, elle perdait de son cachet.

— Ce n'est pas comme ça que je me souvenais de cette maison, papa. Il y avait deux servantes et elle paraissait plus grande quand j'étais petit. Ça m'avait beaucoup surpris. Aujourd'hui, même la rue semble étroite. Elle est sale. J'y ai compté cinq maisons abandonnées, et cette épave de voiture ne fait rien pour arranger les choses. Sommes-nous dans un bidonville ?

— Bidonville ?

La question offensa Shah. Ça en avait tout l'air. La dignité d'antan avait habité les vieux, passés depuis de vie à trépas, et avait disparu avec eux. Les survivants incarnaient, dorénavant, une misère pleurnicharde. Leur indolence empestait le laisser-aller.

— Cher fils, nous sommes bien où tout a commencé. Ce que tu vois n'est pas ce que je vois, car moi, je le regarde avec un cœur mûr. L'amour a vécu ici.

Seules quelques traces du faste de naguère subsistent encore. À présent, une frugalité qu'on ne leur connaissait pas marque la retraite des parents. Durant ses beaux jours, la maison s'agitait dans un va-et-vient étourdissant. Chaque jour, une personne à la recherche d'un emploi ou une autre en quête d'un logement y frappait. Au fil des années, les jeunes femmes s'y sont succédé, tantôt cuisinières, tantôt femmes de ménage, parfois Mabos. Elles commençaient comme ça avant d'être envoyées à une école du soir pour ne revenir qu'en visites.

Une fois, Shah accompagna Awa lors d'une course surprenante. Arrivé à Malendure, en bordure de mer, Awa se faufila dans un quartier de pêcheurs, au travers de ruelles sinueuses. Il fallait tenir la cadence. Le petit Shah suivait sa maman sans bien comprendre pourquoi. Elle s'arrêta net devant une maison de parpaings gris. Un homme trapu, aux dents éclatantes, la souleva du sol, le regard flamboyant. Son épouse sortit de l'ombre également pour l'étreindre avec une joie non dissimulée.

Sans attrait, petite et sombre, fonctionnelle, la maison les protégeait des éléments. Là était sa seule vertu. Huit jolies filles souriantes s'alignaient sans coquetterie comme pour une inspection. Une ampoule nue révélait l'extrême délabrement dans lequel elles vivaient. Dans la grande pièce, des vêtements pendaient sur des clous au-dessus de leurs couches. Riches de l'amour qui cimentait leurs liens, leur bonheur palpable, cette famille ne manquait que d'argent. Nourrie de madères, d'ignames et d'autres produits du petit jardin créole alentour, la graisse ne trouvait jamais d'abri sur leurs ventres tendus.

Au bout des pourparlers qui durèrent une vingtaine de minutes, l'aînée, Géranise, embrassa ses proches qui pleuraient déjà, souleva allègrement sa valise, marcha à travers les dédales de son quartier derrière Shah et Awa jusqu'à la voiture garée au bord de la route, puis disparut avec eux. Shah se rappelait aussi que chaque samedi matin jusqu'à sa mort, Yenne, une amie de la famille, déposait, en bas dans le couloir, une grande corbeille débordant de fruits et légumes qu'elle portait sur la tête. La maman d'Awa lui avait permis de s'installer sur ses terres avec sa famille. Yenne y faisait pousser sa subsistance et en vendait l'excédent au marché pour un argent de poche. Plus que la piscine, le jacuzzi rarement utilisé, et la qualité du mobilier, c'est ce va-et-vient constant de connexions qui faisait la richesse de la maisonnée.

Ce voyage de janvier, incognito, servirait à renforcer des liens familiaux ténus, mais aussi à raviver une flamme. Personne en dehors de la famille et de la flamme ne devait savoir que Shah et Prince étaient de passage. Giacomo, le petit frère, quitta Saint-Martin le temps d'un long week-end pour retrouver le grand frère et le petit neveu qu'il ne voyait que trop rarement. Un bon vivant, Giacomo appréciait les bonnes choses. Friand d'aventures, il faisait de fréquents voyages en croisière et chez sa multitude d'amies aux quatre coins du globe. On l'appelait comme ça, plutôt que Claude, le prénom que sa maman lui avait donné, parce que, comme Giacomo Casanova, il avait lui aussi été expulsé d'un séminaire en raison de son intérêt prononcé pour la bonne chère. Plaire aux dames ne lui demandait aucun effort. Sa compagnie les enchantait. Il s'entourait des plus charmantes. Son sourire de séducteur et son tempérament calme faisaient de lui quelqu'un de facile à vivre. Prince comprenait cet oncle pour l'avoir côtoyé.

Au pipirit chantant, pendant les trois jours de sa visite, chaque matin avant six heures, Giacomo les emmenait prendre un bain à la source thermale de Dolé en bordure de route. Les baigneurs se délectaient de la sensation d'immersion que leur procurait une nature luxuriante où figuiers et balisiers géants se disputaient les caresses du soleil. L'épais rideau de verdure apaisait leurs esprits. Offrant des salves bénéfiques, des massages revigorants, une cascade d'eau tiède intarissable se déversait avec force sur leurs dos reconnaissants. Rien dans l'hiver frileux de Washington ne rivalisait avec la volupté de la nature tropicale. Giacomo donnait du punch aux vacances.

Trouver une voiture de location au plus vite leur permettrait de circuler et de dévoiler à Prince les autres charmes de l'île. Shah devait acheter le rhum et le café impossibles à trouver ailleurs et dénicher une salle de gym pour respecter les résolutions de début d'année. Un vendeur jeune et distingué affichait ses belles dents à une cliente qui le lui rendait bien. Perdus dans une grande discussion, n'achetant rien, ils semblaient faire abstraction de la queue qui s'allongeait. Pourtant, l'endroit n'était pas propice à la drague. Des mots étouffés qu'ils échangeaient, l'on ne discernait rien. Envoûtés, plus qu'impatients, on cherchait à retenir l'image de l'interlocutrice, ses formes, et un peu de son parfum. Sa dégaine de mannequin créole, ses formes longilignes, sa teinte de sapotille et son sourire éclatant faisaient chalouper les regards de plus en plus concupiscents. On se sentait bien en Guadeloupe, un pays où les femmes déjouaient la convoitise masculine au quotidien. Elle s'en allait enfin. Comme si quelqu'un lui avait fait un reproche, le vendeur se justifia : « C'est ma cousine ! »

« Un téléphone jetable, s'il vous plaît. » Shah ne voulait plus perdre de temps. C'était toujours une des premières acquisitions qu'il faisait quand il voyageait. Le vendeur pouffa de rire. Il avait compris et lui suggéra le portable le moins cher. Ce téléphone allait libérer le combiné de la maison.

Dégoter une voiture automatique n'allait pas être une mince affaire sur une île française. Encore aurait-il fallu la réserver plusieurs semaines à l'avance. Très demandées par les touristes nord-américains, elles étaient peu nombreuses. On aurait dit que chaque jour, en période de carnaval, les vols de Norwegian Airlines déversaient des centaines de touristes américains dans l'archipel.

Lucius, son autre petit frère, créatif comme à son habitude, trouva une solution inopinée. Shah, lui louerait une Peugeot bon marché et il lui passerait son 4x4 automatique le temps des vacances. La BMW, rutilante dévorait le bitume. On y roulait comme sur un coussin d'air. Maniable à souhait, puissante, elle faisait face à tous les terrains sans jamais décevoir. Il en avait de la chance ce Lucius ! Il était comme ça, prévenant, et il n'hésitait pas à partager sa bonne fortune !

Plusieurs années auparavant, lors d'un séjour à Saint-Martin chez Claude, une expérience qu'il ne souhaitait pas répéter lui était restée en travers de la gorge. Cherchant à faire du sport, ayant trouvé une salle bien équipée en plein centre-ville de Marigot, Shah s'enquit du prix auprès d'une métro dégingandée. L'employée lui refusa l'accès prétextant qu'il lui fallait deux serviettes avant d'être autorisé à toucher les machines. Une pour éponger sa sueur, et l'autre pour nettoyer l'appareil après utilisation. La serviette qu'il portait sur l'épaule ne ferait pas l'affaire. Il était retourné trente minutes plus tard une deuxième serviette en main. La femme lui interdit une fois de plus l'accès à la salle. Il pouvait payer. Que cherchait-elle ? Pourquoi autant de résistance ? Elle frisait l'insolence. Pour une entreprise, gagner de l'argent, n'était-ce pas le but ? Il sortit plusieurs billets pour payer. Elle refusa d'encaisser. Quel était donc le problème ? Furieux, Shah refusa de quitter les lieux afin d'observer son manège. Bingo, il ne tarda pas à comprendre. Tous les clients étaient blancs ou mulâtres. La diatribe qu'il lança contre la femme acariâtre ameuta le voisinage. Il s'éclipsa juste avant que la police n'arrive, jurant de se venger.

Cette fois, en Guadeloupe, la couleur de sa peau ne posait aucun souci. Trouver une salle équipée de toutes sortes de machines de musculation ne se fit pas sans effort. Sur Baillif, Prince et Shah en trouvèrent une qui faisait l'affaire. L'équipement, inchangé depuis plusieurs années, semblait vieillot. Certaines machines ne fonctionnaient plus. Le manque d'adhérents expliquait probablement cela. On était loin des États-Unis où les machines louées, étaient entretenues, et remplacées, chaque mois. S'enfermer dans une salle ne faisait guère couleur locale. Ici, on préférait pratiquer le sport en plein air. Le régime strict d'exercices que Prince suivait, avec un nombre précis de répétitions, ne leur donnait pas le choix. Il devait se conditionner afin de reprendre la compétition à son retour. La vie souriait à celui qui lui souriait aussi. Il respirait la confiance. On remarquait sa belle prestance, sa dentition parfaite, ainsi que l'énergie qu'il dégageait. Par son charme, Prince attirait l'attention.

Depuis l'enfance, une source d'inquiétude pour Jody et Shah, son sport de prédilection, le Lacrosse se jouait avec un long bâton muni à un des bouts d'un filet en forme de panier pour intercepter et lancer une petite balle dure. Sa passion, un sport de contact parfois brutal, avait été inventé par des Indiens d'Amérique. Le long manche servait aussi à rosser l'adversaire. Malgré trois opérations pour rattacher des ligaments sectionnés, une à l'épaule droite et les autres à chaque poignet, Prince n'en démordait pas.

Agressif sur le terrain, mais calme dans la vie, il cachait une volonté de fer derrière une allure flegmatique. Faire du sport avec le paternel revenait à renverser les rôles, à le secouer pour l'aider un peu à perdre son petit ventre rond. Un fils utile devait pouvoir montrer quoi et comment faire, et redonner goût à l'activité physique à l'auteur de ses jours. Pas que le père y rechignait, mais plutôt qu'il la préférait sous une forme moins violente. Le genre qui aboutissait à une détente nerveuse soudaine. L'une aiderait avec l'autre.

Shah avait laissé l'amour de sa vie lui filer des doigts à trois reprises. Malgré tout, c'était elle qui aujourd'hui, repentante, veillait sur la flamme et depuis vingt-six ans, l'empêchait de s'éteindre. Elle avait retrouvé sa trace et l'avait relancé. Chaque fois, échaudé, il avait refusé de croire en sa sincérité. Ne comprenant rien à sa psychologie, il avait même fini par la trouver un peu braque, tant son comportement lui semblait incompréhensible. Il ne savait pas de quels maux elle souffrait.

Pour des raisons qui lui échappaient, elle avait préféré se laisser aimer par d'autres prétendants. Vingt-six ans plus tôt, à Créteil, relégué à la case des amis, indignes d'un amour charnel, le seul qui eut fait sens, il l'avait acceptée malgré lui au nom de l'amour qu'il lui portait. Cette jeune Antillaise lui semblait compliquée ! Il finit par perdre patience et partir très loin d'elle pour marquer la distance, protéger son amour-propre et tenter d'oublier cette chabine complexée, Annelise.

Dieu donna au monde un bois des plus précieux, l'ébène, dense, dur, lisse, massif, au grain fin, délicat. Annelise en dénigrait la valeur. Comme beaucoup peut-être ? La teinte de la peau servait parfois de prétexte à une pensée bancale, le colorisme. Cette pensée engendrait à son tour des relations toxiques. Blessé, Shah blessa, déversant son venin sur le monde alentour. Les esprits torturés banalisent l'opprobre qu'ils font vivre aux autres. Ils se lavent le cerveau par une éducation alimentée de mensonges savants qui aggravent leur perdition. Bientôt, ils se penseront plus lucides que les autres. Et cette conscience finira par les scinder de cette humanité eux-mêmes inacceptable qu'ils jugulent, dominent, et rejettent pour la douce déraison de la haine de soi.

Seule la réappropriation d'un regard sur soi-même sourd à l'insolence de nos adversaires permettrait le retour en puissance dans l'estime de soi-même. Shah devait se soustraire au déni. Un homme n'est jamais beau quand il baisse la tête. Il ne savait pas pourquoi il aimait Annelise. Était-il concevable qu'il l'aimât parce qu'elle était, elle, et parce qu'il fût lui ? La revoir lui permettrait de refermer la boucle et de mettre fin à un questionnement inutile.

La franchise serait l'instrument de sa rédemption. Ne plus se mentir à soi-même pour ne plus mentir aux autres. Oser la transparence.
— Il allait oser comme si sa vie en dépendait !

Rongé par un sentiment de culpabilité, Shah ne comprenait pas pourquoi Lucius faisait preuve d'une si grande gentillesse. Il n'avait pas été un très bon frère, empêtré qu'il était dans un conflit éternel avec leur mère. Il avait laissé les élucubrations de celle-ci farder sa relation avec ses frères. Elle l'accusait de leur en vouloir secrètement de l'avoir déclassé dans son cœur.

Elle se trompait sur toute la ligne. À chaque nourrisson ramené de l'hôpital, Shah était tombé en amour lui aussi. Il avait cherché à protéger et à choyer ses cadets, attendant qu'ils grandissent pour en faire ses compagnons de jeu. À trop s'imaginer ce qu'il ressentait, lui, l'enfant sans histoires né d'un autre lit, probablement pour justifier le peu d'affection qu'elle lui portait, elle en était venue à lui imputer un tas de tares. Il ne ressentait qu'attachement et amour pour sa famille. Les intrigues et les jeux de jambes des adultes ne signifiaient rien pour lui. Shah avait grandi à distance, entouré de sa grand-mère et de sa tante pour préserver la quête de respectabilité petite-bourgeoise de sa mère. Ses cousins et cousines étaient pour lui autant de frères et de sœurs supplémentaires.

Dix ans plus tôt, à l'annonce de l'arrivée de Shah en Martinique, Annelise avait paniqué, puis fui pour se cacher le temps de son passage sur l'île. Elle s'était enfermée et ne répondait plus au téléphone alors que la veille même, elle avait été avec lui au bout du fil. Pourquoi tant de duplicité ? Il était venu seul rendre visite à un cousin, et comptait dégager du temps pour revoir son amie. N'étaient-ils pas connectés ? Incompréhensible ! C'est pourtant elle qui l'avait relancé ! Annelise lui envoya Marilyn, en guise de consolation, sa meilleure amie, la seule qui savait tout de leur histoire. Elle devait lui servir de guide, mais préférait essayer de combler le vide affectif laissé par son amie. Furieux, Shah rejeta ses avances. Après moult excuses, Annelise lui fit le même coup deux ans plus tard.

En Guadeloupe, elle avait insisté pour que Shah l'appelle chez elle. Les choses avaient changé. Il n'en avait pas vraiment envie, mais souleva quand même le combiné sans enthousiasme, plus par courtoisie et pour tenir parole. Elle savait se montrer persuasive. Shah se sentait stupide en composant le numéro. À l'autre bout du fil, quelqu'un décrocha. Une voix éraillée, haletante, éprouvée par la crainte, ébaucha une phrase avant qu'une autre voix plus assurée, masculine, et aigrie ne l'interrompe brusquement.

Une interprétation plausible s'imposait finalement : Annelise était tombée sous le joug d'un homme jaloux ! Elle semblait tiraillée entre une quête de reconnexion qu'elle peinait à s'interdire et son bourreau du moment. À cause de quelle fascination malsaine Shah la suivait-elle encore dans sa descente aux enfers ? Son comportement n'avait ni queue ni tête. Il n'avait rien à y gagner, et elle lui faisait encore peur. Il lui en voulait beaucoup aussi ; la désirait et la détestait un peu, en même temps.

Depuis 1991, à son contact, il n'avait ressenti qu'émoi, reconnaissant en elle un havre de paix digne du guerrier qu'il était, clamant pourtant vouloir bannir la mièvrerie de sa vie. Il ne croyait plus qu'aux seuls vertus du plaisir. Mais même une pile de temps après, l'attrait qu'Annelise exerçait sur son esprit demeurait incontestable. Elle portait en elle un message perturbateur qu'il devait sonder coûte que coûte. Ne pas le faire reviendrait certainement à passer à côté d'un moment important dans son cheminement. Il ne désirait plus connaître la souffrance qu'occasionne le regret. Peut-être n'était-ce qu'un caprice de ses hormones ? Il devait en avoir le cœur net. Huit ans plus tard, en Guadeloupe pour deux semaines en janvier, comme elle le réclamait encore, il l'appela :

— Allô !

— Oui, c'est qui à l'appareil ?

— Bonjour Madame. Je m'appelle Shah. J'essaie de joindre Annelise…

— Attendez. Juste une minute, Monsieur. Elle arrive.

La voix au téléphone appartenait à une femme d'un âge avancé, chaleureuse sans être joviale pour autant. Malgré un ton impartial, c'était la voix d'une dame qui savait à qui elle avait affaire.

— Allô Shah ! Comment vas-tu ? Tu es enfin arrivé ?

De la musique à ses oreilles.

— Ça va bien, et toi ? Oui, depuis quelques jours déjà.

— Et c'est seulement maintenant que tu m'appelles ? On se voit quand ?

— Quand tu veux. Je suis en vacances.

— Aujourd'hui, c'est dimanche.

Que dis-tu de mercredi ? J'aurai quatre heures de libres dans l'après-midi.

— Où et à quelle heure ?

L'impatience se sentait dans la voix d'Annelise. Le cœur de Shah battait la chamade. Échaudé comme il l'avait été, il ne savait plus à quoi s'attendre ni à quel saint se vouer. Leur rencontre allait servir de test. Soit ça passerait, soit ça casserait. Il préférait ne rien imaginer. Ses sens et son instinct lui indiqueraient la marche à suivre. La voix d'Annelise l'émouvait encore. Trop, peut-être. Elle éveillait en lui un réflexe protecteur, ce qui indiquait qu'elle avait encore une emprise sur lui. Sur Internet, en contact de façon épisodique, cela faisait dix-sept ans qu'ils n'avaient pas communiqué de visu. Il entendait cette fois ne plus servir de bouche-trou, ou de tremplin.

Reconquérir Shah s'était imposé comme une idée fixe. À force d'efforts, elle retrouva ses traces dans une petite ville du Maryland où il travaillait comme prof de fac : Salisbury, le siège de « Perdue », une entreprise de production de poulet. Quotidiennement, suite aux passages des convois en partance pour les abattoirs, des gallinacées en fuite se retrouvaient écharpés sur les bas-côtés de la route.

L'autobus serait à l'heure. Il était de la plus haute importance que Shah soit déjà à la gare routière quand Annelise arriverait. Il imaginait déjà la tête qu'elle ferait après quatorze heures de route, du plus profond de l'État de New York, au plus profond de l'État du Maryland, après 644 kilomètres, sans compter les quatre mois à se morfondre comme lectrice sur un campus sans intérêt après avoir traversé 5,834 km par avion dans l'espoir vague de retrouver l'homme qu'elle prétendait aimer, pour se laisser toucher par lui pour la toute première fois, s'il lui faisait faux bond à l'accueil. Se retrouver plantée là en plein bled dans un Sud où la bouse de vache qui engraisse la terre empeste à distance. Personne pour la récupérer ! Une poupée créole paumée dans une ville minuscule dans un Sud qui ne la calcule pas. Seule à en chialer.

Shah tenait à être au rendez-vous. L'autobus était à l'heure. Les yeux brillants, le sourire triomphant, les traits tirés, la peur de déplaire au ventre, sans effusion, Annelise enlaça Shah, puis sous le regard attentif du chauffeur, le laissa extirper son gros sac des entrailles de l'autobus. Une halte rapide à un restaurant sur le chemin de l'appartement s'imposait.

En l'absence de manifestations de son affection, Shah avait fui la France. Jamais il n'aurait imaginé que quelques années plus tard Annelise se serait donné tout ce mal pour le retrouver. Débarrassée de son premier bourreau, prête à tout pour l'amour, Annelise était partie à la recherche de son Shah.

À peine le seuil de la porte d'entrée de l'appartement passé, haletant, comme s'il craignait qu'elle se ravisât et fisse demi-tour, Shah se jeta sur Annelise. Il pouvait finalement savourer le fruit longtemps défendu. Tel un gourmand cochon, il le happa et l'investit de ses bras tentaculaires. Ils se livrèrent à une longue lutte sensuelle, vautrés sur la moquette. Les genoux endoloris de Shah portaient des marques de brûlures de moquette que seul un frottement désespéré pouvait causer. Prise sauvagement, Annelise s'était relâchée, puis laisser faire. Un long râle partagé vient mettre fin à une entrée en matière sans équivoque. Allié dans le plaisir pour la toute première fois, dorénavant rien ne semblait impossible.

L'attente même pénible avait valu la chandelle. La brûlure en était aussi vive que la passion était intacte. Affranchie de ses craintes, Annelise se bâtissait à mi-mots un avenir digne de l'amour qu'ils se témoignaient. Elle en posait les fondations. Leur affinité sexuelle validée, Annelise recherchait la complicité et le développement de liens pérennes avec Shah. Enfin unie avec celui qu'elle adorait, sortie de nulle part, une carapace qu'elle ne parvenait pas à percer lui interdisait tout débordement sentimental. Replié sur lui-même, son nouvel homme ne prodiguait rien que du sexe. Mise à nue, livrée à lui complètement pour la première fois, elle voyait sa passion dévorante se transformer crescendo en détresse, confrontée aux appréhensions criantes de Shah. Situation inattendue et déroutante. Souillée par un élan avorté, elle pleura sous la douche après l'accouplement.

Ébranlé par la crainte à l'idée de perdre la garde de son fils, Shah convoitait Annelise sans s'autoriser à lui signifier l'intensité de son affection. Elle lui en voulu d'avoir peur à présent que tout était possible entre eux. Coincé entre son fils et son histoire d'amour, faux dilemme de jeune père, il la blessa malgré lui. Se sentant lésée, Annelise souffrit le martyre face à son manque de répondant.

Un an plus tard, cette fois à Baltimore, elle revint confirmer ce qu'elle redoutait le plus, un ressenti, une conclusion, un terme à une relation sans issue, s'en convaincre définitivement, mettre un terme à une lubie, boucler la boucle avant de se jeter dans les bras d'un prétendant plus avenant aux Antilles. Shah et Annelise partagèrent un lit froid sans se toucher alors qu'elle avait Shah rien que pour elle. Fermée à tout effort, elle s'interdisait toute communion dans le verbe et dans la chair avec lui, se réfugiant dans un mutisme militant qui signifiait tout ce qu'elle avait à lui reprocher. Cette attitude belliqueuse dissuada Shah d'ouvrir la bouche pour partager ses sentiments. Ils s'étaient rencontrés, observés, et privés d'exprimer la passion qui les dévorait intérieurement. Annelise se protégea avec hargne, lui interdisant son corps, ses larmes et son cœur. Elle ne sut entrevoir que tout avait changé. Il était disponible. Libéré de sa peur, Shah avait obtenu une garde alternée. Devant un trop plein de conviction, estropié par son manque d'éloquence, dénué d'audace, il ne sut exprimer sa passion, habitué qu'il était à taire ses sentiments. Après une visite d'un jour et d'une nuit, Annelise poursuivit sa route vers d'autres amitiés.

Mamie Awa ne conduisait plus. Une douceur contrariée se dégageait de son regard. L'injustice la révoltait encore. Demeurant vigilante, elle la voyait partout, chez les petits comme chez les grands. Combative, aux aguets, jusqu'à facilement verser dans la colère, elle craignait qu'on ne profitât d'elle. Un AVC lui avait dérobé ses défenses et son indépendance. Elle s'attardait maintenant, plus que de raison, devant le téléviseur allumé toute la journée.

Elle ne criait plus comme avant, et ne courait plus non plus par monts et par vaux ; choses inimaginables pour ceux qui la connaissaient.

Elle ne sortait plus. Quasiment personne ne lui rendait visite. Uniquement intéressée par la politique et les faits divers, accro à l'info, elle y trouvait les justifications de ses positionnements les plus farfelus. Pas de temps à consacrer aux films ou aux livres, mais elle ruminait à souhait. On se demandait si les jugements qu'elle énonçait lui appartenaient vraiment, ou s'ils provenaient plutôt de subtiles manipulations médiatiques. « La Guadeloupe est foutue, vendue par ses enfants, envahie par les étrangers, et détruite par les Haïtiens, les Dominicains et les Dominiquais. »

Il importait peu que seulement cinq générations de Guadeloupéens la séparaient des ancêtres haïtiens, que sa belle-mère vienne de la Dominique, que son aîné ait un père étranger, ou encore que son premier petit-fils soit américain de naissance et de nationalité. Shah connaissait bien cette mal comprise. Elle avait peur, tout simplement. Il la savait profondément humaine, très humaine, bonne, et meurtrie comme ces fruits qui ne trouvaient plus d'acheteurs à cause d'un aspect revêche. Son franc-parler choquait.

Convaincre sa mère d'écouter davantage, de parler moins, de manifester plus d'amour et de compassion par des actes intentionnels semblait être une cause vouée à l'échec. Elle faisait valoir son opinion sur tout, et comme c'est souvent le cas avec les personnes de cet acabit, elle donnait ample voix à son ignorance et à ses phobies. Au lieu de se prendre le bec avec elle, Shah tolérait les histoires qu'elle racontait, sans leur opposer ni réponse ni argumentation logique. Il fallait surtout ne plus alimenter l'aberration. La peur empoisonnait Mamie Awa, l'encourageant à façonner des histoires sinistres. Plusieurs jours durant, elle déplora l'absence de médecins qualifiés sur le territoire. En l'écoutant attentivement, on apprenait qu'elle allait subir une opération chirurgicale délicate dans la semaine à venir. Plus forte, la peur dominait sa raison. Combative et rebelle, motivée par ses tripes, elle restait redoutable dans son opposition à la raison. L'opération se déroula sans incident, et l'on ne l'entendit plus parler de médecins incompétents.

Rosan, lui, avait tout compris. Compagnon taciturne, aguerri, il savait qu'il ne servait à rien de s'agiter, et de prendre ses plaintes au sérieux. Tant que le soleil brillait, que les femmes semblaient jeunes, plantureuses, que le ti-punch coulait, et que les amis donnaient la blague, on remportait le jeu de la vie. Comme l'avait dit Jean-Pierre Raffarin : « Tant que le navire n'a pas heurté l'iceberg, la croisière continue. Les jours défilaient, inéluctablement, mais le plaisir éloignait un peu plus de la mort. La vie servait à s'envoyer en l'air, disait le brave homme. « Coque qui peut », son idée-force, lui servait de slogan pour pallier à la détresse. Dieu, dans son infinie sagesse, faisait figure d'intrus aux premières loges de la comédie antillaise. Il ne disait jamais rien, n'applaudissait et ne huait pas non plus. Donc, on l'ignorait copieusement, citant son nom au détour d'un déboire.

Les masques sublimes et effrayants de Voukoum ressuscitaient dans les mémoires un passé lourd de non-sens. L'histoire qu'ils évoquaient éveillait des sensations désagréables, l'excitation, l'épouvante, qui nous absorbaient dans un présent alerte, une transe hypnotique. De longues cordes épaisses, nouées, les fouets leur brisaient les tympans, réveillant des peurs enfouies, presque ancestrales. Les spectateurs en éprouvaient un grand émoi en s'insurgeant. Le claquement abrutissant d'une relique culturelle, un symbole honni, inhibait nos velléités d'humanité, révélant dans l'instant un animal à l'affût, réactif et primal, prêt à bondir hors d'un épiderme échaudé.

Prince vivait la scène au garde-à-vous, sans grincer ni daigner inspirer. Confronté aussi intensément à ses origines paternelles, il ressentait certainement, lui aussi, de l'effervescence. Les ondes de choc des fouets électrifiaient l'atmosphère interrompant la nuit.

Un legs à la postérité, cette reconstitution historique sous forme de divertissement exprimait la sensibilité d'un peuple habitué au fer. Par devoir de mémoire, le claquement du fouet, ce geste fondateur d'une souffrance collective, méritait d'être préservé pour la postérité. Jamais plus ! Shah et Prince rentrèrent plus profondément dans le silence de leurs ruminations une fois le défilé terminé.

Hésitantes, au centre-ville de Petit-Bourg, à une heure de l'après-midi, mercredi, deux voitures se devinaient. Dedans, les conducteurs scrutaient le moindre mouvement l'un de l'autre. Annelise avait mûri. Le visage poupin d'antan avait cédé sous le poids des années pour révéler une beauté sèche, inattendue, agitée. Elle prenait les devants, menant le convoi face à un poste de police, à l'endroit précis où elle voulait garer sa voiture. Le temps qu'elle prît pour fermer sa portière et ouvrir celle de Shah donna à ce dernier le loisir d'observer une démarche assurée qu'il ne lui connaissait pas. Ses courbes affirmées de femme en chair laissaient présager que le temps des enfantillages était bien révolu. Ravi, Shah la considérait d'un œil inquisiteur et vorace. Attentif à sa maturité, il se réjouissait à l'avance de pouvoir finalement explorer son cheminement et ce qui la ramenait à lui.

Mariée, mère d'une petite fille, installée à Saint-François depuis son retour d'une affectation dans un outre-mer lointain, elle vivait chez sa mère. Plus question de suivre un mari ambitieux parti grimper les échelons de l'administration dans une métropole qui ne lui parlait plus. Leur relation branlante ne survivait encore que sur le dos de leur fille. Au bord de la rupture, le fil ténu se distendait. Autrement, comment expliquer la présence d'Annelise auprès de Shah, dans la voiture ? Était-elle le résultat de la lassitude, de la contrition, du vice ou de la curiosité ? Toutes ces possibilités étaient plausibles et pouvaient l'expliquer. Shah voulait en avoir le cœur net.

Il fallait éviter une famille nombreuse ubiquiste, les lieux trop fréquentés où les curieux s'attardaient, s'en aller aussi loin que possible là où seuls les touristes se rendaient. Une plage vers Deshaies fera l'affaire. Les touristes s'y prélassent nus et insouciants, titillés par le vent et se mêlent de leurs affaires. L'endroit convenait parfaitement.

Sur la route sinueuse de la Traversée Shah s'imaginait toutes sortes de situations cocasses. Trente minutes lui permirent d'insuffler de la chaleur dans la vieille amitié. Le malaise dissipé, il prit Annelise par la main pour la guider vers une aire de pique-nique en retrait, hors de la vue des badauds. Là, ils parlèrent d'eux, des raisons qui les avaient poussés à se revoir, des occasions ratées, du temps perdu, de leur incapacité à s'engager véritablement avec quelqu'un d'autre, des répercussions qu'une histoire inaboutie avait eues sur leurs vies. Annelise déplorait l'infidélité d'un mari volage, avouant avoir prié, elle qui ne priait jamais, et imploré un Dieu aphone de lui envoyer un signe, juste un petit signe. Elle avait insisté et à force de prières, elle avait fini par obtenir ce qu'elle voulait.

Lors d'une escale à Istanbul, en route pour une conférence à Dubaï, à peine avait-elle eu le temps de détacher son regard d'un magazine, qu'elle aperçut son Shah qui se dirigeait vers la sortie de l'aéroport. Pas possible. C'était lui ou un sosie ? Non ! Oui ! Elle désirait s'en convaincre. C'était bien lui. Encombrée d'un bagage lourd, elle ne put le rattraper. Elle avait obtenu le signe tant espéré. Shah, l'homme providentiel ; elle en avait l'inébranlable certitude, était l'homme de la situation. Il fallait coûte que coûte le retrouver, leur bonheur en dépendait.

Shah savait tout cela. Elle le lui avait écrit par mail deux ans plus tôt. C'est même un peu pour ça qu'il la pensait atteinte, lui qui n'avait jamais connu Istanbul. Là, à présent, appuyée contre une table de piquenique, campée devant lui sur la plage, elle ne lui semblait plus du tout instable.

Simplement, superbement, superstitieuse. Il la fixait sans battre un cil. Tout à coup, une avalanche d'émotions longuement réprimées submergea Shah. Annelise sombrait à nouveau elle aussi, se sentant reconnue. Dévorée par ses yeux, elle aimait qu'on l'investisse de la sorte. Sentiment irrépressible, elle se délectait d'être si vulnérable devant son désir. Leurs cœurs battant à l'unisson, mécaniquement, Shah la tira contre son torse nu pour la serrer dans ses bras. Le temps s'arrêta. Leurs peaux fébriles, moites, en contact prolongé, dissipèrent l'amertume cultivée au fil des années. Shah retrouvait la partie manquante de lui-même. Une affection profonde se révéla intacte. Comblés, ils ne ressentaient nul besoin de ressasser un passé douloureux. Des émotions tonifiantes dans un présent gravide commandaient l'attention. La paix s'installait dans leurs esprits. Annelise, nullement folle, pas plus que lui, mais perspicace, l'aimait encore.

Installée au salon, avant la fête de Lucius, Mamie Awa badinait avec Mélodie. Les deux femmes procédaient, à tâtons, à un rituel dont l'issue semblait incertaine. Quelque chose sonnait faux. Elles prenaient trop de gants. Elles se cherchaient. Une tension indescriptible indisposait les enfants, Ivana, la fille de Mélodie,

Richard, le fils de Lucius, Prince et Shah. Lucius s'éclipsa vers le balcon pour fumer une cigarette interminable. Alors que Shah s'apprêtait à le retrouver, Mélodie s'exclama :

— Regarde l'iPhone que ta mère m'a offert à Noël.

— C'est joli. Il te plaît ?

Shah possédait un Galaxy Note III bien plus volumineux. Il n'était pas friand des articles à la mode. « Que se passait-il donc ? » Ça faisait une heure qu'ils étaient arrivés à la villa de Baie-Mahault, l'ambiance avait tourné lorsque Mamie Awa s'était installée au salon.

— Je ressens une vibration bizarre. Que se passe-t-il avec la mater ?

— Ah ! Tu as remarqué. C'est tout le temps comme ça, frère. Tu connais la mater ? Je ne sais pas exactement quel est son problème avec ma copine, mais elle en a un.

Mélodie était joviale, sans chichi, aimable et prévenante. Que pouvait-elle lui reprocher ? Bizarrerie de la nature, chaque membre de sa famille était beau. Éblouis par ses sœurs, à la première rencontre on en tombait facilement amoureux ; on tombait amoureux aussi de sa mère, et de sa tante. Leurs gènes menaient la belle vie. À la vue du père et des maris, on prenait ses jambes à son cou. Bâtis comme des Apollons, ils pouvaient facilement briser un homme en deux. Gare à tous ceux qui attardaient des regards libertins sur leurs épouses. Bien en chair, et d'une disposition égale, on comprenait pourquoi Lucius avait succombé au charme de Mélodie.

Taquin, Shah retourna au salon pour embêter sa mère.

— Alors maman, je vois que tu t'entends bien avec ta belle-fille. C'est sympa ça !

Awa rétorqua par un long « Tchip » sonore. Elle ne savait que trop bien qu'elle avait enfanté un provocateur. Pour renverser les rôles, elle déclara :

— Shah est tellement emmerdant. Au lieu de rester tranquille et de profiter de ses vacances, à peine débarqué, comme possédé, il a commencé à faire le ménage, alors que pendant trois jours déjà, j'avais nettoyé la chambre et la salle de bains qu'il utilise. Il est tellement gonflé qu'il a même rempli trois sacs-poubelle de mes affaires qu'il voulait jeter.

La marionnettiste en chef venait de reprendre le dessus. Battu à son propre jeu, Shah rétorqua mollement :

— C'est quand que j'allais jeter tes affaires ? Je les ai simplement placées dans des sachets pour que tu fasses le tri.

— Écoute l'enfant, tu es là pour t'amuser, alors amuse-toi. Tu n'es pas venu en vacances pour embêter le monde à faire un ménage qui a déjà été fait.

— Oui, c'est vrai, mais, je peux quand même me mettre à l'aise. Tu sais que je fais de l'asthme, n'est-ce pas ?

— Amuse-toi je te dis, et arrête d'embêter les gens.

— Maman, ce serait plus facile pour moi de m'amuser, comme tu dis, si je ne devais pas t'écouter te plaindre à tout bout de champ. Apprends au moins à voir les choses du bon côté. Ce soir en particulier. Ça nous aiderait beaucoup !

Invaincue, Awa lui balança un ultime « Tchip » encore plus sonore que le premier.

Femme d'affaires, rentière, comme sa mère avant elle, Awa avait baragouiné beaucoup de langues partout où il avait fallu se rendre pour acquérir les articles à la mode, réclamés par les clientes, qui se vendaient si bien dans ses boutiques. Elle avait mis les pieds sur chaque continent. Un potomitan, comme sa mère avant elle, elle assumait seule la responsabilité de toute une famille. Sa vie durant, elle cumula les activités pour assurer stabilité et perspectives à sa charge. Partie prenante de toutes les décisions, son importance se faisait sentir. Elle finançait le gros des activités familiales. Rien ne se décidait et n'arrivait sans elle. Indulgente, magnanime même dans son jeune âge, au fil des années, l'autorité et l'aisance enviable qui lui permettaient de faire la pluie et le beau temps encouragèrent chez elle une certaine licence et complaisance malsaine. Elle se comportait en pays conquis. Le pouvoir corrompt absolument. L'habitude d'être entendue et obéie facilitait les mauvais plis, ainsi que la malfaisance. Avec l'âge, les revers de fortune engendrèrent une disposition acariâtre.

L'énergie diminuant avec l'âge, tout comme les revenus et la capacité d'influencer, l'autorité fit place à l'autoritarisme. La calme assurance fut remplacée par une colère de tous les instants. L'énervement prit tout son sens comme affaiblissement. Gare à l'imbécile qui parlait sans réfléchir ! Le pauvre Rosan subissait le gros de ses brimades. Il en avait l'habitude. Personne ne lui contestait le rôle de souffre-douleur en chef. Mais, tôt ou tard, tout le monde y passait aussi. Awa aspergeait tout soupçon de résistance d'une diarrhée verbale aussi malsaine qu'elle était acerbe. Il suffisait de traîner dans l'exécution d'un ordre pour voir ce dont elle était capable. Man Awa opinait que si on lui tenait tant tête, c'est parce qu'elle était une femme, puis elle redoublait d'ardeur à punir l'insignifiant si mal avisé. La vie lui semblait ingrate. Elle qui avait tant donné, recevait peu en retour. Elle aurait aimé recouvrer la santé pour rattraper l'abondance et clouer le claquet aux mauvaises langues. Un gouvernement de voleurs la délestait de sommes faramineuses invalidant le travail de toute une vie. Ce gouvernement mesquin orchestrait le laisser-aller des fainéants qui se laissaient vivre aux dépens du sel de la terre, des travailleurs et autres ambitieux. Punissant l'espérance, le gouvernement avalisait le désespoir. Dieu, autrement si miséricordieux, l'avait lui aussi, à son tour, délaissée. Mais elle lui rendait bien la monnaie de sa pièce. Sûre d'elle-même, orgueilleuse, elle avait toujours raison, même quand elle avait tort. Qu'est-ce donc qu'avoir tort, sinon manquer d'assurance ? Le monde était trop moche. De taille moyenne, mince, sèche, droite, Man Awa ne rigolait plus. Sa beauté fanée scellait un aspect pète-sec. Son âme enfouie au plus profond brillait d'une beauté qui ne s'avouerait plus au grand jour. Il fallait savoir déchiffrer cette étoile qui filait.

La réception qu'organisait Lucius dans sa villa de Baie-Mahault était la plus belle à laquelle Shah n'avait jamais assisté. Il se sentait à l'aise en compagnie de ses frères, de leurs amis, et de la bienheureuse famille de Mélodie, la petite amie de Lucius. De bons vivants à la joie communicative qui faisaient preuve d'un art de vivre rare que la famille de Shah n'avait pas cultivé. Pour une fois, la contagion était la bienvenue. À rester trop longtemps chez les autres, dans le silence du béton et du froid, on oublie ce que vivre veut dire. On finit par confondre gagner sa vie et profiter de la vie. Trois jours passés à préparer une orgie ; un plaisir pour les papilles gustatives à la limite du supportable, un vrai bacchanal ; la famille de Mélodie donnait le meilleur d'elle-même.

Les blagues, la musique, les punchs, et les rires à répétition extasiaient Shah qui, pour toute source de joie, ne connaissait que les caprices de la télé dans son au-delà d'exilé formaté aux normes protestantes. Sans dire mot, bousculant ses convictions, Lucius redonnait le goût de vivre à son frère. À quoi bon gagner beaucoup d'argent pour se ruiner dans la solitude, le cœur en rade ? Tout ce qui exalte la vie et l'augmente est bon et moral. Vertu de jouisseur. Seule issue viable. Tout ce qui la limite est mauvais. Sous l'impulsion de son frère, Shah revoyait ses priorités.

Comme à son habitude, Prince ne disait pas grand-chose. Les limites de son français l'en empêchaient, mais il captait tout. Beau métis, sportif, sociable, du haut de son mètre quatre-vingt-quinze, le muscle développé et la tête pleine de connaissances, il avait la cote avec tout le monde, les filles au premier rang. Les aînés raffolaient eux aussi de son plein d'esprit. On apprenait toujours quelque chose en sa compagnie. Enfant tranquille à la scolarité sans problème, il excellait dans toutes les disciplines.

Timide devant son père, jamais avec les amis qui le sollicitaient, l'invitant à tout bout de champ ; patient avec tout le monde, sauf son père, un ancien rasta rangé et sa mère, une ex-hippie écervelée. Il ne comprenait pas ce qu'il avait fait pour mériter des parents comme ça. Se croyant plus futé qu'eux, il s'était convaincu que sa filiation était une malédiction. Adolescent, désirant au plus vite couper le cordon ombilical pour voler de ses propres ailes, il refoulait cette ménagerie hors de la vue de ses camarades. À seize ans, les petits boulots lui offrirent un sentiment précoce d'indépendance. Prince lisait sans répit, parfois le même livre plusieurs fois. L'étrange sentiment d'avoir enfanté un animal supérieur à lui-même préoccupait Shah. Quand bien même, l'ordre devait régner. Le père continuerait de jouer le rôle du père, d'imposer ses états d'âme, et le fils, celui du fils. Ainsi en était-il dans le monde de Shah.

Il prit l'envie à Annelise de sécher la messe. Elle y assistait assidûment en compagnie de sa mère depuis sa révélation. Désirant passer un moment avec Shah plus que l'absolution dominicale, Annelise le rencontra à l'entrée de la Traversée, aux abords de la forêt. Ils marchèrent plus de cinq minutes dans la boue avant de trouver une clairière pour officier leur messe profane. Une fois là, ils s'embrassèrent passionnément. Il fallait parfois sauter avant de regarder où l'on allait tomber. Face à Annelise, levant les yeux au ciel, Shah fit un pas en arrière, puis leva les mains au ciel. Sous le regard désorienté d'une Annelise transie, il fit deux tours sur lui-même puis frappa des mains en l'air deux fois aussi fort que possible, puis se mit à entonner :

— *Jòdi a mwen ka mandé pèwmisyon pwen Annelise kon madanm an' mwen. Ansèt, bon dyé, ès mwen pé pwen li kon madanm an mwen ?*

[Aujourd'hui, je demande la permission de prendre Annelise comme ma femme. Ancêtres, Dieu, puis-je la prendre comme femme ?]

Annelise commença à sourire, rougit, puis avança gaiement d'un pas, elle tournoya deux fois, leva les mains au ciel comme elle l'avait vu faire, les fit claquer deux fois, secoua son derrière avec entrain, fixa Shah droit dans les yeux et cria :

— Yo di wi, yo di wi ! Ou pa tann ? É mwen ka di'w wi osi. Mwen sé madanm a'w, ou sé nonm an mwen.

[Ils t'ont dit oui. Tu n'entends pas ? Et moi aussi, je te dis oui. Je suis ta femme, et tu es mon homme.]

Ils s'embrassèrent encore longuement. Rouges de chaleur, deux touristes en randonnée s'arrêtèrent bouche bée pour assister à l'étrange scène. Ils venaient d'être témoins de l'émergence d'un nouveau système. Deux êtres qui se désirent deviennent tout l'un pour l'autre. Chacun l'instance suprême de l'autre. Sans complexe, Annelise et Shah s'esclaffèrent, enivrés par la joie. La cérémonie impromptue marqua un tournant décisif dans leur relation. Le rite symbolisa un serment d'amour indissoluble. Entouré d'esprits protecteurs, dans une nature bienveillante, sur la terre natale, Shah avait invoqué les ancêtres et le Bon Dieu dans le même balan. Ils s'étaient exprimés par la bouche d'Annelise. Du chaos végétal, l'ordre revenait dans le cœur animal. Tout allait pour le mieux dans le meilleur des mondes. Deux désirs tendaient l'un vers l'autre, se devinant, se jaugeant, et finirent par se sublimer. La messe prenait fin. Annelise se dépêchait de rentrer avant d'alerter ses proches par une absence trop longue. La tension au bas-ventre, les deux amoureux promirent de se retrouver une ultime fois avant le départ de Shah.

Ce jour-là, la plage du bourg de Sainte-Anne grouillait de monde. Pourquoi ne désemplissait-elle pas ? Il y avait pourtant beaucoup de belles plages en Guadeloupe. Très prisée des touristes, aucune autre n'était aussi populaire que celle-ci. Au volant de la BMW de Lucius, Shah avait fait le long voyage de Basse-Terre pour Prince. Afin qu'il découvre Sainte-Anne. Assis dans l'eau, loin du rivage, il remarqua que le manque de profondeur de ces eaux calmes et limpides expliquait probablement l'attrait de la plage. Pour s'en convaincre, il suffisait de considérer les baigneurs : des familles accompagnées de leur marmaille, des personnes âgées insouciantes, des glandeurs éhontés, des touristes repus et autres bronzeurs orangés. Shah clapota dans l'eau avant de s'y asseoir pour méditer et contempler la diversité du cheptel, le va-et-vient incessant, l'aisance trompeuse d'une existence au soleil et la plénitude qu'il ressentait déjà. Assis sur le sable blanc, pas autrement attendri, Prince s'était réfugié dans une lecture imperturbable. Rien n'interpellait son attention de continental dans le petit pays immergé. L'esprit vide, Shah se prélassait, se délectant de sa grande insouciance dans l'eau. Deux semaines de congé annuel, ça ne se dilapidait pas !

Après le village artisanal, où nous nous empressions d'accaparer des souvenirs en tous genres, ils s'arrêtèrent chez le petit frère de Mamie Awa, le tonitruant oncle David. Il évoluait, loin du reste de la famille, en bordure de mer, avec ses deux Mahoraises à la retraite en Guadeloupe. L'une, rigolarde, l'autre, plus posée, elles le maintenaient dans un équilibre salutaire, loin de tout moralisme désapprobateur et constipé. Personne ne devait le savoir. Shah l'aimait beaucoup. Par le tempérament nerveux, il ressemblait beaucoup à Awa.

Pour la première fois, père et fils partageaient un Planteur. L'âge légal de consommation d'alcool aux USA étant de vingt et un ans, Prince se retenait de boire hardiment devant un Shah flegmatique. Le père plus permissif que le fils ricanait de sa gêne.

Le monde des Européens était ainsi fait que les velléités d'ambition du Noir se voyaient réprimées au coût de son aliénation. Quoique puissant dans la chair, l'expression de cette virilité chez le Noir se voyait fauchée, réduite à néant par un désaveu cinglant de sa volonté. Ainsi en avait-il été de l'oncle David. Réduit à la perte de son ambition fondamentale, il n'avait cependant pas acquiescé au rôle d'auxiliaire que l'ordre colonial lui réservait. Résistant dans la passivité, figurant d'une révolution mort-née, il rageait dans une résignation trop cintrée pour son tempérament. Il faisait partie de ces leaders que la complaisance populaire condamnait au silence ; assigné à résidence dans le mutisme de la conscience.

La route du retour sur Basse-Terre était longue. La radio n'offrant rien de captivant, Prince, d'habitude taciturne, se mit à parler. Quelque chose lui trottait dans le crâne. Shah prêta l'oreille.

— La diversité de ce peuple est surprenante. Toutes proportions gardées, les mélanges ici dépassent ce qu'on trouve aux États-Unis. Personne ne semble problématiser l'identité des autres. Les gens s'entendent-ils donc si bien ici ?

— Oui, je crois. En général, ils s'entendent. À quelques exceptions près, l'essentialisme racial n'est pas de rigueur ici.

— Que veux-tu dire, papa ?

— Une couleur n'est que ça, une couleur. Elle ne présage de rien, surtout pas de dispositions innées à préférer telles ou telles idée et comportement. Chaque être se construit par les choix qu'il fait. Et non en fonction d'une essence qu'on lui attribuerait. Tu comprends ?

— Oui, tu es en train de me dire qu'on est plus ou moins libre de devenir ce qu'on veut. Mon expérience m'a enseigné le contraire. Je me suis souvent senti rejeté. À l'école, me faire accepter par certains Noirs américains s'est avéré difficile.

— Rejeté ? Pourquoi ne m'en as-tu jamais parlé ?

— Tu n'étais pas vraiment là. On se voyait un week-end sur deux.

— C'est vrai, mais j'aurais pu t'aider.

— Mais, tu ne sais pas ce que c'est que d'être le fils d'une Blanche et d'un Noir.

— Tu penses donc que c'est ça qui a causé ton rejet ?

— Oui, entre autres. Ces gars s'attendaient probablement à ce que je me conforme à certains codes de communication. Mais, je n'ai pas été élevé comme eux.

— Ça a dû être douloureux ?

— Plutôt décevant. On ne sait plus où donner de la tête.

— Fils, tu appartiens à ta famille. Et tu es ici aussi chez toi.

— Papa, je ne vis pas ici, et toi non plus.

— La clef de ces questions d'intégration, c'est d'abord de s'accepter soi-même, comme on est, et le monde n'aura d'autre choix que de nous accepter. Tu t'assumes. Tu t'imposes au monde. Il finira par t'accepter, ou au moins, par te tolérer.

— Ça ne marche pas comme ça, papa. Beaucoup de jeunes souffrent de leur différence. Et, s'accepter soi-même, ça ressemble à quoi ?

— Au leadership. Se conformer, c'est pour les moutons. Toi, tu es né pour être un meneur. Au minimum, tu mèneras ta propre vie comme tu l'entends. Tu prendras et feras ce que tu veux. Aux USA, je n'ai jamais été intégré à un groupe, et je m'en fous. Je me concentre sur ce que je veux.

— Et si ce qu'on veut, c'est être accepté par un groupe et échapper à l'exclusion ?

— Mon conseil alors, c'est de passer par la femme. Si elle t'accepte et t'aime, personne ne pourra, et n'osera t'exclure. Tu n'as pas besoin d'un troupeau. Les hommes sont cons. Trop compétitifs. C'est aussi pour ça qu'ils excluent.

— O.K., je comprends. Mais je pense que tu n'aurais jamais dû me quitter, papa. Entre autres, ta présence m'aurait aidée à établir mon identité dans l'esprit des gens. J'avais besoin de toi.

— Je ne t'ai jamais quitté, fiston. J'ai laissé ta mère, pas toi.

— Tu n'aurais jamais dû partir. J'avais besoin de toi.

— Je suis désolé, fils.

Annelise, comme un insecte pris dans une toile gluante, s'était laissée envoûter par un homme. Il y avait plus de vingt-six ans qu'elle avait croisé son regard. Elle n'aurait su expliquer ce qu'ils avaient échangé à cet instant. Sauf que le dard l'avait bien atteint en plein cœur. C'était un de ces soirs d'hiver identique à tant d'autres.

Elle s'était attardée aussi longuement que possible dans la cafétéria de l'université de Créteil où elle suivait depuis deux ans déjà des études sans entrain. Annelise passait pour une femme hautaine, inapprochable, difficile, rêveuse, sinon un peu arrogante aux dires de nombres de soupirants désabusés de la notion qu'un jour ils accapareraient son désir et réussiraient son apprivoisement.

On la croyait Arabe, Brésilienne, ou Noire tellement son type laissait équivoque. Née en Guadeloupe, élevée dans un cocon familial douillet, elle quitta la matrice à l'âge de dix-sept ans. Trop tôt pour une pucelle sans griffes. Détachée du charivari politique des autres étudiants ; en retrait, loin du bruit, perdue dans ses pensées, assise dans une salle où la luminosité faiblissante des lampes indiquait une fermeture prochaine, elle prit soudain conscience de la présence d'une poignée d'individus dans la grande salle.

Comme à son habitude, elle avait pris soin de s'isoler ; un livre, un café, des cigarettes... Un univers volontairement étriqué, mais confortable. Personne ne semblait l'intéresser. Les rares Antillais et cousins africains soucieux de réconforter leur « sœur » en avaient été pour leurs frais. S'ils avaient bien daigné la regarder autrement qu'avec des yeux rendus mesquins par la luxure, l'aura de tristesse qui émanait d'elle aurait dû suffire à les faire fuir. Ils osaient se présenter devant elle avec leurs sourires grimaçants pour mieux masquer leur volonté macaque de conquête. C'était précisément ce qui les démasquait. Qu'ils osassent approcher.

Il était presque dix-sept heures, l'heure de rentrer dans le modeste studio du dix-neuvième arrondissement, pas loin des Buttes Chaumont, qui abritaient son couple mixte. Depuis deux ans, elle traînait ce premier mariage secret comme un boulet. Pucelle, elle tomba amoureuse d'un bellâtre nord-africain avide de lui soutirer des papiers en règle. Enfermée dans le mensonge d'une relation de plus en plus étouffante, elle n'avait que vingt ans. Telle une souris prise au piège, son esprit ne cessait de partir du début de cette relation pour se heurter à un point d'interrogation qui refusait de se transmuer en réponse finale. Un aller-retour épuisant. Ce soir-là en particulier, pour une raison qu'elle ne comprenait pas, elle répugnait à rentrer. Lasse des jeux pervers où elle voyait se dissoudre inexorablement son peu de confiance en elle. En restant dehors aussi longtemps que possible, elle augmentait ses chances de retrouver un appartement vide.

Son mari, Latif, avait commencé à boire plus que de raison. Elle savait qu'à tout prendre, l'animal choisirait la nuit, et ses nombreux amis pour poursuivre leur errance d'immigrés dans un Paris fermé. Non, pas ça ! Elle refusait de passer une soirée de plus, rythmée par des cris, des silences pesants et une rage électrique dans une pièce exiguë de vingt mètres carrés, où tous deux s'asphyxiaient, en fin de compte.

Toujours assise à sa table, elle tourna la tête vers la caisse de la cafétéria. Ses yeux croisèrent, et s'arrêtèrent sur un regard qui l'envisageait de la tête aux pieds. Un homme intense. Assis, ou plutôt campé nonchalamment à une table qui semblait rétrécie par sa carcasse immense d'apprenti sorcier qu'elle devait accommoder. Annelise se sentit irrémédiablement aspirée, et retenue par un lien invisible et si fort qu'il lui interdisait de se détourner.

Dans sa tête lancinante ne résonnait que la vieille injonction de sa mère : « Ne laisse jamais personne entrer dans tes yeux ; ne regarde personne en face. » Elle avait souvent, d'un haussement d'épaules, ramené cette phrase aux stigmates des temps anciens. On ne devait pas croiser le regard du maître. Il avait le pouvoir de donner du fer et même de raccourcir la vie.

Elle comprenait maintenant que sa mère lui avait transmis un secret de femmes. Le regard qui la tenait ne posait pas de questions ; il l'avait subitement investie. Il la dominait sans chercher à la dominer. Sans jugement, fixe, serein, bienveillant, doux et brûlant à la fois, il avait trouvé ce qu'il cherchait dans le sien. Une possibilité. Une chance. Une vérité, peut-être.

Il la voyait complètement, comme personne ne l'avait jamais vue, et il refusait de lâcher prise. Il se laissait lui aussi progressivement investir par sa proie. Se faisant violence, de toute sa volonté, elle se força à rompre le charme en se levant d'un coup, et en prenant la fuite. Peut-être lui parla-t-il ce soir-là, elle ne se le rappelait plus précisément ; mais ils finirent par se parler longuement un jour de transe, de la façon la plus naturelle qui soit, comme s'ils s'étaient toujours connus.

À vrai dire, elle ne savait pas trop le détail de ses traits, absorbée qu'elle était par son aura. Elle découvrirait plus tard qu'il avait des yeux un peu enfoncés sous un large front, de longs cils et des sourcils fournis achevaient de tracer la partie supérieure d'un visage dont le charme principal était une bouche large, mais point trop charnue, avec des lèvres égales et d'un rose léger ourlé par une peau sombre et lisse. Son nez n'était pas saillant et cadrait avec ce visage. Une mâchoire carrée achevait de souligner la confiance à toute épreuve qui émanait de lui.

Débordant de cette volonté nue affichée de lui voler son âme, elle avait voulu courir pour fuir ce magicien qui l'avait saisie dans ses filets sans même lever un doigt. Puissant. Magnifique. Magnétique. Ces adjectifs avaient défilé telle une bande-son en boucle pendant que le métro remontait la longue ligne de stations jusqu'à République où se trouvait sa correspondance. Oppressée, elle arriva à bout de souffle, ce regard brûlant échangé avec un parfait inconnu brillait comme un flash permanent, incontournable dans son esprit échauffé. Elle entra dans le studio vide et froid. Parfait. Il lui fallait ce répit pour neutraliser l'ébullition et reprendre pied dans le réel.

Au cours des semaines suivantes, ils ne cessèrent de se voir. De s'investir, vraiment. Qui avait commencé l'échange ? Peu importait. Elle sentait bien qu'elle avait trouvé une force de vie inépuisable. Il était solaire et mystérieux à la fois. D'abord son confident, Shah fut assez intelligent pour comprendre que tenter de la séduire physiquement était viser trop bas. Ils savaient tous deux qu'une attirance mutuelle était en place, mais il fallait avant tout, ouvrir le chantier du désespoir qui l'accablait…

Renverser autant que faire se peut le lavage de cerveau que son mari lui avait fait subir. Faire le déblayage, retirer les ordures, l'ouvrir au monde pour qu'elle choisisse enfin sa voie, l'esprit clair. Devant la détresse qu'elle exprimait, Shah avait très tôt cherché à l'aider à sortir de son engrenage. Il lui proposa même de s'installer chez lui. Mais même sous l'emprise du gourou, elle demeurait ambivalente.

Tantôt volontaire, tantôt apathique et défaitiste, elle l'exaspérait par son mutisme parfois. Elle pleurait beaucoup aussi. Incapable de prendre en main son destin. Trop fragilisée. Trop faible. Il savait qu'elle pouvait mieux que ça. Pas elle. Elle avait trop peur des ivresses rageuses de Latif.

L'amour de Shah et d'Annelise ne pouvait s'épanouir sur les cendres chaudes d'une relation en décomposition. Alors Shah prit le large. Un jour, elle se présenta à son appartement, situé pas très loin de l'université. Elle se sentait belle et prête. Elle avait toujours eu peur des réactions virulentes de Latif si elle lui apprenait qu'elle le quittait. Elle l'avait déjà tenté une première fois, et se le rappelait amèrement. Il l'avait harcelée jusque chez son frère où elle avait trouvé refuge.

Frappant à la porte quand celui-ci était au travail. Au pied de l'immeuble où elle faisait du baby-sitting plusieurs fois par semaine, on le prit pour un rôdeur. Et, quand finalement elle revint vers lui en désespoir de cause, cette fois, il avait retenu ses coups, mais il avait menacé de détruire sa vie si elle recommençait.

Latif, lui aussi, vivait mal cette dépendance malsaine. Cette épouse noire qu'il affectionnait pouvait passer pour Maghrébine tant qu'elle n'ouvrait pas la bouche. Elle demeurait son unique espoir de vie meilleure en pays développé, mais il devait en cacher l'existence à ceux qui, dans son milieu, ne pourraient comprendre cette entrave à la tradition. Annelise ne disait pas tout à Shah. La réaction de celui-ci lui faisait peur aussi. Comment pourrait-il comprendre qu'elle tolère le mépris de sa race, lui qui était si fier ? Prise entre deux feux, elle savait qu'elle risquait de le perdre. Il était déjà parti à Londres une première fois, mais en la prévenant.

À son retour, le cœur plein de bonheur, elle se sentit revivre, ayant su résister à tous ceux qui, sentant le sang qui s'écoulait de ses blessures, rôdaient tels des squales autour d'elle, prêts à l'attaque dans le petit théâtre de la comédie humaine de l'université. Après quelques semaines de bonheur absolu passées à se dévorer l'un l'autre, mais toujours en se refusant à devenir sienne totalement, c'est-à-dire dans la chair.

Semaines exquises passées à lire, discuter de tous ces auteurs et artistes noirs américains qu'elle découvrait : Richard Wright, James Baldwin, Zora Neale Hurston, Billie Holiday, John Coltrane, Nina Simone, autant de noms qu'elle découvrait, de frères et sœurs qui lui montraient la détresse, mais aussi l'indicible fierté qu'il y avait à tracer sa voie dans la différence. Annelise s'ouvrait et cet épanouissement combla Shah pour un temps. Seulement.

Le grand frère, amant au sexe inutile, gourou protecteur, soutien de tous les instants, avait commencé à voir d'autres filles. Les refus constants d'Annelise de le laisser la posséder, dans sa chair pourtant consentante, ne lui laissaient pas seulement une frustration lancinante, mais le confrontaient aux limites d'une virilité à laquelle il ne pouvait renoncer. Elle lui interdisait beaucoup plus qu'un simple accès sans retour à son être intime ; elle lui interdisait l'espoir de la possibilité d'un bonheur durable.

Il rechercha ou se laissa tenter par ce qu'elle voyait comme des échappatoires. Un portrait qu'il avait pris d'une autre fille de l'université attira l'attention d'Annelise. Meurtrie par une colère tue, elle resta dubitative face à ses explications. Dans son aveuglement de deux poids, deux mesures, Annelise se voulait entière et ne concevait pas de relation qui ne soit exclusive.

La complexité des liens qu'elle avait tissés avec Shah, lui interdisait tout doute. Ainsi, elle ne put comprendre qu'il puisse être attiré par d'autres, mais une partie plus lucide de son cerveau lui souffla qu'elle se devait de rester pragmatique, et de ne pas juger ce que son refus occasionnait. Mais il devait savoir que telle une furie, dès qu'elle découvrait un soupçon de mensonge, son impulsion était de tout remettre en question, et de tout mélanger, le bon et le mauvais.

Shah avait noté que chaque retour chez Latif constituait une régression. Elle le reconnaissait aussi, tiraillée, l'admettait, mais ne pouvait le contrer. Shah était épuisé. Il ne pouvait se laisser sombrer dans une passion sans issue. Le jour fatidique arriva. Ce jour-là, quand Annelise sonna à la porte de l'appartement au 3e étage, il n'y eut pas de réponse immédiate. Après un moment d'hésitation, elle sonna à nouveau. Ses poils se hérissèrent. Son corps savait déjà.

L'effondrement intérieur et une douloureuse sensation de rejet l'atterrèrent sans appel. Pour répondre au messager du malheur lui annonçant gentiment que son frère était parti aux USA, elle put tout juste simuler un sourire léger, feindre une bonne contenance, avant de tourner les talons et de partir se perdre dans Saint-Michel, ce soir-là. Peut-être au bras de Latif, avec qui elle accepta de boire. Qui sait ?

Abandonnée, elle n'avait aucun droit d'exiger. Elle était juste desséchée, désespérée ; son château de sable, son rêve de rédemption, tout s'écroulait à nouveau. Shah était parti parce qu'elle n'était pas assez bien pour lui. Voici comment elle s'évertuait à enfoncer le clou de la déprime qui la guettait. Elle n'était pas grand-chose, n'est-ce pas ce que Latif lui-même s'évertuait à lui dire à longueur de journée ? Il lui faudrait des années pour ébaucher une reconstruction.

Après une vie de dérive, Shah atterrit comme chef de projet dans une agence du gouvernement américain. Magnétique selon certains, charismatique selon d'autres, au fil des rencontres, il avait retracé un filon, trouvé le piston et s'était fait une situation enviable dans le pays d'accueil. Une décennie plus tard, le poste ne lui convenait plus. Il en avait fait le tour.

Obéissant à un code tacite, au-dessus d'un certain seuil, la réussite échappe. Shah se heurtait à un plafond de verre qu'il n'avait pas vu venir. La politique interne et les intrigues de bureau favorisant la promotion ultime du même et du familier, du prévisible, et du facilement contrôlable. Lui qui, trop libre-penseur, aurait pu prendre plus de risques et devenir entrepreneur, se convainquit d'avoir fait fausse route en privilégiant ce déplorable leurre que l'on nomme « stabilité professionnelle », et en émigrant aux États-Unis.

Pour sûr, après les études, les débouchés avaient manqué aux Antilles comme en France. Dans un premier temps, il avait dérivé et s'était essayé à multiples professions avant le filon prometteur de stabilité. Pris au piège du petit rêve de sa propre réussite, après vingt-six ans de dérive, la stabilité, lassant, il se laissa dominer par le fantasme du retour au pays natal, à sa vraie place. Cependant, les études de son fils avaient occasionné des dettes qui le retenaient en place. Son cœur ne tolérait plus ce séjour qui n'en finissait plus. Même s'il arrivait à se fondre dans la masse, même s'il jouait à merveille le rôle du citoyen type, il se souvenait, lui, de sa différence fondamentale.

Plus près de sa terre natale verte de vie, plus près des colibris et de son volcan majestueux, il retrouverait la plénitude. En échappant au diktat de la consommation abusive, abrutissante, et au final, appauvrissante, il trouverait la joie de vivre et le repos du guerrier. Dans sa nostalgie, retour au pays natal rimait avec retour à la simplicité. Communier et vivre une connexion inouïe, aimer par-dessus lui-même, la bonne personne, celle qui le verrait comme il était ; il souhaitait s'exprimer dans une langue qui était la sienne, se la réapproprier et vibrer autrement avec le monde. L'argent en suffisance, la joie en abondance, une affiliation à toute épreuve, l'épanouissement dans la simplicité du désir évoquaient pour Shah la vraie réussite personnelle.

Le lycée occupait un espace considérable. Rien à voir avec l'ancien établissement où il avait passé le bac. Pour y accéder, il fallait montrer patte blanche. Les élèves utilisaient un badge qui les identifiait. Une petite cousine, auparavant inconnue, avec l'accord, et sous la vigilance de son professeur d'anglais, avait invité Shah et Prince à venir animer un cours d'anglais. Les yeux attroupés dans une salle exiguë scintillaient de curiosité. « Que ces enfants-là paraissaient affamés ! » pensa Shah. Il fallait au plus vite les nourrir. Leur expectative rendait l'ambiance solennelle. Il était convenu entre père, fils et professeur que, d'entrée de jeu, l'attaque se ferait en anglais, pendant une bonne trentaine de minutes, puis on aviserait. Il n'était pas claire si madame la professeure était indienne, noire, ou bien les deux. Quoi qu'elle eût allégué, on l'aurait cru. Beaucoup de personnes en Guadeloupe avaient, comme elle, l'identité incertaine. Elles savaient, bien sûr, qui elles étaient.

C'est dans le regard des autres que l'incertitude se trouvait. Les yeux de biche en amande douce, le visage ovale au rictus envoûtant, les manières attachantes, la peau resplendissante, affranchie de boutons ; du haut de son mètre quatre-vingt, elle était moins que parfaite, et bien plus que ravissante, agréable sous tous les angles, et surtout, compétente. Que pouvait-on lui demander de plus ? La foule bariolée de jouvenceaux avenants rivalisait, elle aussi, de beauté. Il faisait bon d'être au pays papillon où l'animal et le végétal enchantaient.

— Good morning everybody.

— Good morning, sir.

Ils répondaient en chœur. Ils avaient de l'entrain. Ça commençait bien !

Ce qui suivit fut une fête de l'intelligence, au cours de laquelle les timides devinrent téméraires, les langues se délièrent dans un franglais détonnant de sens. Ils faisaient un tel boucan que les voisins jaloux venaient épier la scène de temps à autre.

Attention, travaux en cours. Danger ! On apprend dans cette classe. Dans le chahut et la bonne humeur, certes, mais on apprend avec le cœur. La frimousse de la professeure redoublait de joliesse. Animée par de nouvelles idées, elle venait de repérer ceux qui pouvaient, mais ne savaient pas qu'ils pouvaient ; ceux sur qui elle avait trop tôt tiré un trait. Dans le jeu, le contact authentique et l'allégresse, les timides s'étaient désinhibés, et avaient osé l'impensable. Ils pensaient, et prenaient le risque de se tromper en public, sachant qu'ils ne seraient pas mal notés, jugés déficients, et qu'ils pouvaient exister dans l'anodin de cette expérience, parce que le monsieur et son fils se couvraient, plus que tout le monde, de ridicule. Étaient-ils magiciens ? On aimait bien les magiciens. Le vote fut unanime et sans appel, ils retourneraient la semaine prochaine, avant leur départ vers le pays magique.

L'après-midi allait servir à Prince à s'amuser avec deux cousins disponibles pour la circonstance. Ils allaient tous les trois se dépêtrer, trouver le moyen de se comprendre. Le langage du sang, animé par la volonté, est tellement puissant ! Avec une fenêtre de juste trois heures pour voir la belle du bois, Shah avait rendez-vous à la Pointe. Il ne fallait pas lambiner. Marilyn, sa meilleure amie, lui avait prêté son appartement.

À l'occasion de la réception de mariage d'une collègue, et suite à son retour de Baltimore, impressionnée par le talent oratoire d'une figure joviale qui mobilisait l'attention, Annelise se laissa aborder par celle-ci. L'homme, Gaëtan, ne l'intéressait pas outre mesure, mais il était avenant, sut la faire rire et atténuer le limbé qu'elle couvait depuis nanni nannan pour l'ababa de Shah. Ils se côtoyèrent assidûment. Au bout du compte, devant ses sincères déclarations amoureuses, Annelise cessa de contester le tic-tac emballé de son horloge biologique.

Sujette à une attention de tous les instants, récipiendaire de toutes ses largesses, elle réussit à se convaincre qu'elle l'aimait. Palliatif viable à un Shah hors jeu. Lui, Gaëtan, répondait présent, là, gaga devant elle. La lune de miel consommée, puis rangée dans des photos, la routine reprit ses droits, et le spectre du démon rebelle à l'oubli réapparut. Plus Annelise cherchait à expurger Shah de son souvenir, plus elle en magnifiait l'emprise sur son imaginaire têtu et fertile. Le fantasme de Shah offrait une échappatoire de prédilection, une soupape de sécurité qui mitigeait les conflits qui minaient la normalisation des rapports conjugaux. En dehors d'incartades ébruitées et jamais prouvées, Annelise ne trouvait pas grand-chose à reprocher à Gaëtan.

Sa mère lui avait enseigné que beaucoup d'hommes aux Antilles badinaient avec l'amour, et qu'il fallait garder une éponge absorbante avec soi pour toujours effacer les affronts, au nom de la famille toute-puissante. Et pourtant même, elle ne parvenait pas à échapper à un malaise croissant. Elle en méconnaissait la source. Dans ces moments de confusion, la pensée de Shah s'imposait avec insistance. Les disputes redoublaient. Tout était prétexte à se prendre la tête. Annelise se surprenait à parler beaucoup, avec urgence, comme pour cacher une détresse.

Elle s'isolait aussi ; perdait l'appétit ; maigrissait à vue d'œil ; refusait de se laisser toucher par Gaëtan, même pour une auscultation ; elle négligeait de se maquiller ; avait du mal à formuler sa pensée ; manquait de confiance en elle ; se plaignait de fatigue ; dormait peu ; buvait trop, et écoutait, rêveuse, du reggae sans arrêt. Le déni du Shah que sa conscience reniait l'exposa à l'angoisse de voir sa duplicité révélée.

De quel sort était-elle donc tombée victime ? Investie par Shah, elle ne pouvait plus s'abandonner allègrement à un mariage de convenance. Impuissante devant l'absent, sous emprise, engagée, il devenait impossible de faire face au présent, de faire face à celui qui n'était pas sorcier, et donc ne pouvait jamais devenir Shah, l'inavouable secret. Nul autre ne l'avait saisie de façon aussi viscérale, ne lui avait permis d'être elle-même comme il l'avait encouragée.

Elle refusait de lâcher prise, de chercher le docteur-feuille qui la délivrerait. Lâcher-prise reviendrait à atténuer cette force qui lui faisait tant de bien. Plus Gaëtan, l'homme utile, chercha à l'impressionner, à la distraire, plus il rapetissait aux yeux d'Annelise. Elle lui en voulait d'avoir rétréci son univers, lui qui avait promis la lune, lui qui faisait la fierté des siens, l'avait confrontée à sa propre dégradation.

Shah prenait son temps, il discutaillait, hésitant à se saisir pleinement de ce qu'il voulait ; ce qu'elle s'obstinait à garer dans les replis du large canapé du petit salon de l'appartement de Grand Camp. Annelise se donnait à moitié. Son corps moite tendait vers sa virilité, mais évitait de s'y frotter. Son propre désir brut l'effrayait.

Une fois l'acte accompli, les dés seraient jetés, le retour à la normalité, une impossibilité. Il se leva du canapé. Péremptoire, il la tira vers lui, enfin prêt à déroger à l'ordre moral. Prêt à commettre une transgression, et remettre les pendules à l'heure. Debout contre Shah, Annelise restait attentive, presque en transe. Maintenant décidée à s'abandonner, elle fixait son regard dans le sien, cherchant l'absolution, la communion, la confirmation, avant la renonciation. Elle frissonnait déjà sous chacune de ses caresses, d'abord aériennes, puis de plus en plus précises.

Elle étouffa les cris qui montaient en elle, et commença à trembler sous main experte. Il s'évertuait à lui donner du plaisir, alors même qu'elle cherchait à devenir son plaisir. Elle se concentrait sur ses sensations, éveillées par un corps qu'elle redécouvrait. Ses larges mains pétrissaient ses seins, et du bout des doigts rampaient telles des couleuvres, puis s'empressaient de glisser sur un ventre rond, mais souple, cherchant la tanière déjà humide et chaude. Il s'empara de ses hanches, et se colla derrière elle. Laissant échapper un soupir d'excitation, elle se cambra vers lui et plaqua ses fesses contre son bas-ventre.

Le désir d'Annelise coulait telle une cire incandescente pour attiser, taquiner, provoquer celui de son partenaire. Son sexe tendu, fébrile, palpitait, prêt à bondir vers l'ouverture qui se présentait devant lui. Ses mains, remontées vers le bout de ses seins durcis et gonflés, avaient provoqué un désir effronté. Il murmura quelque chose de presque audible à son oreille. Une incantation, peut-être. Shah renversa Annelise en avant. D'un geste doux, mais ferme, il la poussa à se baisser davantage pour s'ajuster à lui. Son membre chaud se fraya une voie dans le sien qui, humide et brûlant, semblait fondre.

Elle gémissait de plus belle, enfermée dans sa bulle de plaisir. Il prenait ses marques dans un va-et-vient d'abord mesuré, puis rapide. Les ondes parvenaient à Annelise à travers un brouillard de sensualité d'où ne perçaient que les chocs de leurs chairs accélérant jusqu'au bord de l'extase. Sa présence en elle la comblait de mille joies indicibles et inespérées. Il lui donna tant de plaisir, n'en pouvant plus, elle paniqua sous la jouissance qu'elle tenta vainement d'atténuer.

Affolée par la virulence des frémissements convulsifs de leurs corps à l'unisson, elle se retourna d'un coup, cherchant dans les bras de son bourreau l'approbation qui seule pouvait la rassurer. Elle l'aimait trop. Cette communion illicite, après tant d'années sacrifiées, l'effrayait par sa force simple. Shah appartenait à Annelise, Annelise appartenait à Shah, voilà tout. Point d'échappatoire. La page était tournée.

Sujet : Content

Nouveau départ pour nous.

Tout ce qui s'est passé ces derniers temps devait se passer pour le permettre.

Aucun regret.

Maintenant, il faut se donner les moyens.

Travaillons à cela.

Luv

Sujet : Re : Content

Mon homme est venu réclamer son dû sur la terre de nos ancêtres, et je n'ai pas marronné. Esclave consentante d'une passion dévorante, j'ai donné, mais ai aussi pris. Nos cœurs savaient, même si nos bouches parfois erraient. Verve mousseuse qui voulait égaler les fluides s'échappant de nous. L'amour qui fond pour créer de deux entités une œuvre unique dont la forme est en devenir…

Tout est possible à nouveau.

LOVE

Not luv.

Avec toi j'écris tout en majuscule.

Sujet : Finalement

Ma femme s'est donnée enfin, sans trop de chichis, et notre histoire peut recommencer, donc le bonheur est à portée de cœur.

Passion est le bon mot. Il mêle souffrance et plaisir. Il donne envie de vivre plus fort et plus longtemps, car la vie fait plus sens. Les choses entrent dans l'ordre.

Je suis chez moi chez toi. Je suis chez moi en toi. Je l'avais toujours su, et maintenant toi aussi, tu le sais.

Fais-moi une place plus grande. Il est temps.

Notre heure est arrivée.

Ma joie est immense.

LOVE

Sujet : Re : Finalement

Un astre brille sans savoir pour qui, pourquoi. Notre amour ose être aussi simple. Je t'embrasse et t'étreins de toutes mes forces.

Bon voyage.

Sujet : Tu me manques

Tu me manques, mais je n'arrive pas à parler. Et comme je n'ai pas envie d'être maladroite, j'attends que ça passe. Shah, mon Amour. Dire ton nom me soulage et je respire. J'aime t'écrire en sachant que tu me liras après. Je t'imagine dans ton lit. Dors-tu seul ou non ? Nu ou vêtu ? Sur le dos, ou le côté ? Aimes-tu serrer quelqu'un dans tes bras ou non ? Parles-tu dans ton sommeil ? J'imagine. Je m'endors en serrant un traversin tellement fort qu'il finit par me convaincre de ta présence dans ma couche. Victoire ! J'ai vaincu le temps, l'espace. Dans la guerre de l'éphémère, j'ai gagné une bataille encore. Ce soir dans le silence de ma souffrance.

Si près, si loin. Je viens de regarder ton torse. Il me plaît. J'aime ta taille, ton gabarit imposant. Je vais maigrir assez pour que tu puisses me porter et me faire l'amour debout contre un mur. Brutalement. Me soulever, et m'empaler. En me tenant les fesses fermement, et je t'empoignerai par les tiennes pour te tirer au plus profond de moi, encore et encore. C'est un vrai fantasme, à réaliser. Viens, viens. Je suis vocale. J'espère que cela ne te dérange pas. Vite au lit. Tu m'y rejoins ? Je veux rêver de toi…

À bientôt mon Roi. Annelise qui t'aime.

— Je suis folle de toi. N'oublie pas. Shah, tu suscites en moi une passion brute… Je suis à toi. Je suis honnête.

— Bien. Appuie sur le bouton alors, et déclenche la Troisième Guerre mondiale.

— Je t'aime. Je suis là. La seule chose qui peut changer, c'est que tu changes d'avis. Pas moi.

— Je ne changerai pas d'avis. Garde-toi pour moi. Je suis intransigeant et ne partage pas celle que j'aime. J'abandonne plutôt. Toi, tu es mon dernier espoir d'une vie meilleure.

— C'est bon à savoir. Je te harcèle, car tu m'as donné un orgasme inoubliable la première fois il y a quinze ans. Tu ne savais pas ?

— Je ne savais pas. À Salisbury ?

— Un petit coup de blues. Je t'embrasse. Autour de moi, des discussions sur comment faire ceci, comment faire cela… Je suis fatiguée.

Le retour de vacances, pour la première fois, fut vécu comme un déchirement intense. Un passage du milieu nécessaire, de la source matricielle aux tétons nourriciers d'un emploi contraignant. Shah vivait mal un vol sans histoire, perdu dans le fantasme d'un retour prochain et définitif au pays natal. Prince trépidait à l'idée de retrouver amis et habitudes écartées le temps de renouer d'autres liens plus ténus, mais aussi plus viscéraux.

Survoler Washington ne produisit aucune exaltation chez Shah, comme la toute première fois. L'ordre des tours alignées, des édifices imposants, et des boulevards périphériques symétriques à six ou bien huit voies, autant de témoins du dynamisme du capitalisme, le déprimait. Shah lui préférait maintenant le désordre organique de la forêt tropicale. Les États-Unis savaient séduire les jeunes ambitieux du monde entier. Il leur fallait encore rester jeunes longtemps pour en tirer de durables bénéfices. La vieillesse ne devait pas les trouver là. Sinon gare. Ce pays n'était bon que pour les affaires, pour le travail, et pour l'argent qui fait courir le monde. Une vie d'insouciance s'épanouissait ailleurs ! De trente degrés Celsius le matin, on était descendu à moins dix en début d'après-midi.

Shah habitait un Reston atypique, une ville utopique et moderne de la Virginie du Nord, en plein cœur de la grande banlieue de Washington DC. Une ville arborescente, huppée, où la beauté des structures et de la nature servait de principe organisateur de l'aménagement ; construite autour de nombreux parcs, bois, ruisseaux, quatre lacs, vingt piscines publiques, deux terrains de golf, courts de tennis, pistes cyclables ; une place publique où les orchestres faisaient valser en plein air, une cité de cols blancs traversée par des biches audacieuses. L'accent y était mis sur la qualité de la vie, l'idéal de communauté, les loisirs et la dignité humaine. Des magasins et restaurants de tous calibres tapissaient un centre-ville au-dessus duquel s'élevait une ribambelle de tours éclatantes tant elles reflétaient la lumière. Pris dans le tourbillon du luxe, certains y mangeaient leur blé en herbe. Reston, à moins de dix kilomètres de l'aéroport de Dulles, servait de vitrine attachante de la prospérité en plein corridor de la technologie. La Silicon Valley de l'Est comprenait des bureaux de compagnies comme Apple, Amazon, Oracle, Microsoft, IBM, Hewlett Packard, Google, Dell, et Cisco, pour ne citer qu'elles. Avec un salaire moyen de l'ordre de cent dix mille dollars annuels, par foyer, un logement basique revenant en moyenne à cinq cent mille dollars, cette cité bourgeoise sans affectation, ou prétention indue, tranchait du reste de l'État où elle se nichait. La plupart des résidents venaient d'ailleurs, comme Shah.

Se cacher dans les voiles fins de rêves évanouis. Se draper dans les rets tissés par les rimes des autres… Renaître et reconstruire de fragiles édifices, des huttes que transpercera l'acier froid des regrets… Ressentir sans cesse ces absences insensées. Traces ténues d'un vertige intemporel. Des actes manqués, pressés au broyeur de la mémoire, forment cet engrais mauvais d'où jaillissent sans répit des non-dits qui conduisent au bord du gouffre, absorbent, et essorent tels des fantômes déchaînés. Se débattre, se relever et tenter de s'enfuir encore.

Mais, toujours, le long bras du doute enserre dans une étreinte trompeuse — revoir ses choix en flash-back, puis en pause, quelle punition fastidieuse. Le présent se lasse de ces atermoiements, il se sait déjà autre. Une ellipse sur une ligne de vie désaxée. Qu'exulte donc le champ désolé d'une âme, Terre asséchée par ces pluies acides de pleurs épars sur cette litanie d'agonie perlée d'écumes. Des obsessions au carré, peuple d'un imaginaire saturé qui bave la

salissure de tous ses rêves avortés sur ce qui
agonise dans des illusions naïves et répétitives.

Toutes les fois où il se demandait ce qu'il pouvait lui trouver, ce qu'il pouvait voir dans Annelise, Shah se répétait comme en prière : « Annelise me reflète au féminin. Je me vois en elle ; mes défauts, ma sensibilité, mes aspirations. Elle est moi. Elle m'énerve. Son absence est exaspérante. Sa présence, quand elle est là, est insupportable. Elle est faite de silences légers ; de vacarmes timides ; de trous de mémoire, car, avec elle, la mémoire est inutile tellement la sensualité prime. Elle est mon soulagement. Mon attache. La relâche de mon angoisse. Mon lâcher-prise. Indispensable chair à une âme désaxée en rapport de force perpétuel à une aliénation en quête de transcendance. Annelise est mon gouffre de prédilection. Elle est ma jubilation primordiale. Mon frisson ultime ! »

Ma conscience d'elle m'insupporte. Même vitale, toute jubilation à la longue lasse insupportablement.

— Allô. Shah, et cette tempête ?

— Horrible !

— Tu es bien protégé ? Tu ne risques rien ?

— Impossible de circuler. Mes pneus n'accrochent pas.

— Mais que fais-tu donc dehors ?

— Je suis dedans, mais en train de sortir pour déblayer.

— O.K. Tu m'as manqué.

— Je suis maintenant sous la neige jusqu'à la taille et elle continue de tomber. Une semaine déjà. Aucun regret. Heureux d'être finalement ton mari, le vrai. Tu me combles. Je t'aime.

— J'ai foi en nous. C'est le bon moment. Tu vois malgré nos situations respectives, on prend le risque. C'est énorme par rapport à avant.

— Absolument.

— O.K. Cette conversation ne me plaît pas. Je te souhaite une bonne soirée. Tu n'étais pas obligé de me demander pour les tests. Ce n'est pas quelque chose que je risquais d'oublier. Ni de prendre à la légère. Cela fait une semaine que j'y pense, et suis malade à l'idée d'avoir attrapé une cochonnerie, et la transmettre à quelqu'un. Je n'ai jamais remis en cause ce que tu dis. Que tu es clean. Je ne crains rien de grave, mais même minime, c'est quelque chose qui me stresse, car ce serait à mon insu. Désolée. Je ne suis pas fâchée. Juste époustouflée que je me retrouve dans cette situation. C'est moche, c'est tout.

— Nous sommes dans le même bateau, madame susceptible. Aucun reproche n'est fait. Nous avons fait un choix que j'assume.

— J'attends les résultats, et verrai avec Gaëtan. C'est bien parce que je lui posais des questions qu'il stressait et fuyait.

— L'amour crée ce genre de situation, donc j'assume.

— Enfin je crois. J'attends. Il ment trop.

— J'ai entière confiance en toi, et je me fais confiance aussi, mais je ne le connais pas. S'il s'avère qu'il y a un truc, on se soignera. Pas question de te perdre. Calme-toi. Protège-toi. Une fois ensemble, je réclamerai l'exclusivité.

— Je n'ai rien. C'est ma conviction. Je verrai. J'ai peur de te perdre pour une connerie.

— Tu ne me perdras pas.

— Et en vérité, je ne veux plus qu'il me touche ?

— Tant mieux.

— O.K. On est ensemble. Je t'ai épousé devant Dieu, les esprits, la nature, et nous-mêmes.

— N'oublie pas.

— Je ne peux ni ne veux. Je m'épanouis à vue d'œil, rien qu'en pensant à toi. Tout le monde me dit que je suis magnifique. Je t'interdis à toi aussi de toucher à qui que ce soit. Je suis extrêmement exclusive avec toi.

— Femme de mes rêves, je veux te sentir, te toucher, te garder dans mes bras jusqu'à l'extase, et puis recommencer. Je veux mourir allongé sur toi d'un âge avancé.

Grand et imposant, un des rares cadres d'origine antillaise en Île-de-France, Gaëtan ne tenait la chandelle à personne. Il argumentait du tac au tac, se croyant persuasif, disposait d'une voix de ténor dans un corps charnu, de traits fins, et d'un regard perçant qui le soustrayaient à tout examen minutieux. Il prenait régulièrement soin de sa peau sensible dans les salons de beauté de l'élite locale. Friand de distinction, il adorait que son épouse universitaire, un trophée de plus à son actif, lui octroie un certain cachet intellectuel. Coureur de petite envergure, peu doué pour la drague, séduire le rassurait.

Se contentant de petits jobs, et d'un revenu d'appoint, Annelise l'avait suivi en Guyane, puis en Martinique au cours de son ascension professionnelle. Assommée par une ambition qui lui interdisait tout épanouissement, suffoquant dans un imaginaire appauvri, elle refusa de le suivre sur le lieu de son ultime consécration.

Au rythme des vacances scolaires, Annelise et Gaëtan se rapprochaient. « Pour l'enfant », disait-elle. S'il ne pouvait faire le déplacement, c'est elle qui se rendait en France.

— Allô. Annelise, comment tu vas ? Tu prépares ton départ ?

— Ça va. Oui. Je t'ai manqué ?

— Motus et bouche cousue. Sauf si tu l'admets d'abord.

— J'ai déjà ma réponse.

— Je l'ai fait exprès, par pudeur. Je n'aime pas aimer les gens.

— C'est un mal nécessaire.

— Si tu le dis. Vous allez passer la Saint-Valentin en amoureux. Ça aussi, c'est un mal nécessaire ? Je penserai à vous.

— Je reviens le 13. Et moi, je fête la Saint Shah.

— Très bonne celle-là. Eh ben, on fêtera ensemble.

Que dit Marilyn ?

— Je n'en sais rien. Je ne lui ai pas parlé depuis jeudi. Marilyn sait que je t'aime depuis longtemps. Que je ne suis pas épanouie ! Elle sait que l'argent de Gaëtan ne m'intéresse pas. Et qu'au fond, je prends mes décisions, seule. Elle m'encourage à faire ce que je veux. À m'épanouir.

— Dommage que tu ne portes pas mon enfant.

— Je le regrette. J'y ai beaucoup pensé.

— Les choses arrivent à mille à l'heure chez moi. C'est l'avalanche. Il me faut faire vite pour échapper, me sauver, voir autre chose, et jouir enfin de ce qu'il reste de ma vie. Je veux vibrer, me secouer, rire pour un rien, danser, faire du bruit, déranger mon monde, parler fort, devenir dézòdyè quoi, avant de mourir. Mwen enmé'w. Ou sé limyé a vi an mwen. An touvé'w, mwen pa ka lagé'w.

— Touchée en plein cœur. Tu me déclares ton amour en créole ? Je suis comblée.

Cela me rend folle de ne pas pouvoir te voir, et te tenir dans mes bras. La vie est trop courte pour se contenter d'imaginer.

— O.K. Je pars avec toi dans mon cœur. Tu seras à mes côtés à chaque instant, et je te parlerai. Je t'écrirai, et je t'imaginerai jusqu'à ce que mes doigts se tendent, et osent te toucher. Mon être est plein de toi. Je t'aime. Tu illumines ma vie. Je t'embrasse partout. Mmm ! Oui, absolument partout.

— On sera bientôt ensemble pour de bon. Prépare-toi. Mon désordre commence avec toi.

Il y a cinq ans, Gaëtan était parti en France pour se faire oublier, comme il disait. Officiellement, ce transfert était une promotion attendue, mais inespérée. Officieusement, un incident, un autre dans une longue série, avait enclenché un changement brusque et sans appel dans son couple. Annelise réprimait la rage à chaque rappel de l'incident.

Le mari d'une collègue de Gaëtan avait débarqué chez eux le coutelas à la main et lui apprit que son mari couchait avec son épouse, et ne perdait rien pour attendre. Introuvable ni à l'hôpital ni à la maison, le trouillard s'était terré pendant deux jours sans donner signe de vie. À son retour, le sourire en coin, suave, usant de son meilleur français, il parvint à faire accepter à Annelise qu'il était fort possible qu'il ait été l'objet d'une méprise, qu'un mari jaloux et impuissant s'était braqué sur sa personne. Des mauvaises langues envieuses voulaient lui nuire. Lui, si beau gosse, une fois encore victime de la jalousie des autres. Il n'avait d'yeux que pour Annelise. Par pur calcul, ou par lassitude, elle choisit d'accepter ses dires sans y croire, pour obtenir la paix, cette fois encore, mais refusa fermement de quitter le territoire avec lui.

— Je pars maintenant pour l'aéroport. Je suis zen. C'est toi que j'aime.

— Fais bon voyage.

— O.K., dis-le après moi : je t'aime.

— Je t'adore. C'est ton test. Réussis-le.

— Hello. Nous sommes bien arrivées. Il fait un froid de canard ici. Je pense à toi. Ne m'oublie pas.

— Profite de tes vacances. Je ne t'oublierai pas.

— Devine ce que je fais en ce moment ?

— Tu déballes tes affaires, ou bien tu te prépares à aller dormir.

— Non ! Je refuse d'aller me coucher. Je ne déballe pas encore. Je fais comme toi, à ton arrivée en Guadeloupe. Je conforme les lieux à mes critères d'hygiène, pour pouvoir fonctionner. J'ai une question : peux-tu être fidèle à une femme ?

— Oui. Quand j'ai confiance en elle.

— C'est bien alors ! Tu me fais confiance ! Merci, merci. Je t'aime encore plus. Je ne veux pas t'appeler aussi souvent qu'avant. J'éviterai de le faire ici. Cependant, à quoi bon lutter. J'accepte. J'accepte. Bises, tendres et nombreuses.

Gaëtan évoluait au calme dans un pavillon de quatre pièces, en bordure de la Marne, à la Varenne Saint-Hilaire. Un des huit villages de Saint-Maur-des-Fossés. Une agglomération aisée de la banlieue parisienne. Il avait loué cette belle maison à la décoration moderne, équipée d'une cuisine américaine, comportant véranda, entrée, séjour, un bureau, et deux grandes chambres, dans l'espoir de séduire Annelise, et de la convaincre de l'y rejoindre définitivement. Une gare RER à proximité facilitait les déplacements. Rien n'y faisait. Elle avait accepté de l'y retrouver pendant les vacances scolaires., rien ne la ferait changer d'avis. Elle avait déjà trop donné. Aux intempérances de son jouisseur de mari, l'agoulou gran fal, elle préférait le calme de la vie au pays auprès de sa mère.

— Allô. Ça va Shah ?

— Oui et toi ?

— Ça va. Tu me manques. C'est tout.

— Tu as tout sur place maintenant. Étrange sensation.

— Je ne comprends pas.

— Tu as des raisons d'être comblée, comme ta fille.

— C'est de la provocation. N'est-ce pas ?

— Oui, je te provoque parce que je suis un peu jaloux. Oublie ça.

— Je suis à toi. Il ne s'est rien passé. J'attends le week-end pour discuter. Le calme entre nous me semble précaire.

— Pourquoi précaire ?

— Une mise au point s'impose. Un calme précaire, car, je vois bien que son visage ressemble à un immense point d'interrogation. J'ai instauré une distance qui est respectée, mais il me faudra expliquer pourquoi.

— Waouh ! Pourquoi ne l'aimes-tu pas ? Ce serait tellement plus simple.

— Que veux-tu exactement ? Je ne comprends pas où tu veux en venir. Je t'ai déjà tout dit.

— Gère tes histoires avec lui. Fais le nécessaire qu'on en finisse.

— Tu m'as posé des questions. J'ai répondu. Dorénavant, je ne te parlerai que de nous, plus de lui.

— Pourquoi ? Il me faut tout savoir. La transparence est la base de la confiance.

— Savoir quoi, exactement ?

— Tout. Je travaille aujourd'hui. Je vais me préparer. Je te laisse à ton bonheur.

— Merci. Le tien doit être immense. Tu n'en parles même pas. Pour vivre heureux, vivons cachés, hein ? Cet échange est frustrant. Tu sais que je t'aime, et je sais que tu m'aimes. Je fais ce que je t'avais dit. Ce que je peux. Tout simplement. Je montre qu'il y a du changement et des choses à régler. On le fera progressivement. Sans brutalité inutile. Je t'ai toujours dit que je peux difficilement partager mon corps. C'est la clef d'accès à mon âme. Donc…

— Je suis content d'entendre ça : la clef de ton âme. Ah ! Ah ! Ah ! Accélère le changement alors.

— O.K. enfin quelque chose de cohérent. Bonne journée mon amour.

Sujet : Ta présence

Cher Shah,

Je viens de me réveiller. Mes pensées, mon corps et surtout, mon âme sont à toi. Si on me donnait le choix immédiatement d'être où je veux, je serais avec toi. J'ai essayé, ces derniers jours, de t'écrire, et de t'appeler moins souvent. De laisser un peu d'espace entre nous. Quelle erreur ! Tu me manques encore plus. Je t'aime encore plus fort. Partage tes sentiments. J'ai besoin de toi à mes côtés. Les mots sont puissants. Je t'aime. J'aime celui qui sait faire ressortir le meilleur en moi. En fait, c'est simple. Réponse à une de tes questions. Cela prendra peut-être plus de temps que prévu, mais cela se fera. Je t'aime. À plus tard.

Sujet : Re : Ta présence

Chère Annelise,

J'aime celle avec laquelle je me sens enfin chez moi, toi. Quand je te touche, je suis à ma place, avec celle qu'il me faut. Peut-être fallait-il que les choses se passent ainsi. Je ne comprends pas pourquoi, mais que de temps perdu.

— Allô, mon amour ? Depuis qu'on s'est quitté, tu as fait l'amour, couché avec quelqu'un ? Sois honnête. Ça m'intrigue.

— Quoi ? Comment se fait-il qu'il te laisse tranquille ? Bizarre.

— Très simple. Ce n'est pas qu'il n'ait pas essayé. Ma réaction a été claire. Il attend le dégel.

— Tu me traiteras de la sorte ?

— Je ne sais quoi te répondre.

— Donc vous n'avez parlé de rien ? Même pas de moi ? C'est gênant ça.

— Je lui ai donné mes analyses. Fausse alarme. Faux positif. Aucun commentaire. Silence glacial. Il n'a rien nié. Il avait déjà admis qu'il était fautif.

— Donc tu l'as piégé pour qu'il avoue un truc dont il préférait ne pas discuter ?

— Tu m'excuseras de ma faiblesse. L'anniversaire de Julie est jeudi, si plus ample discussion il y a, les choses vont vite se dégrader. On part samedi. Il se doute de quelque chose, car il fait allusion à ma distance, et insinue que je veux le quitter… Que je lui prépare un mauvais coup. En même temps, il nous fait des projets pour plus tard. Ça prête à confusion.

— Tu laisses faire. Au lieu de saisir la perche qu'il t'a tendue, tu préfères le réconforter dans son fantasme ? Le rassurer que tout sera comme il veut ?

Peut-être que c'est tout à fait approprié. Qu'en penses-tu ?

— Tu me provoques encore.

— Non. C'est une situation peu commode. Mais oui, comment faire ? Elle risque à tout jamais de nous empêcher d'être ensemble.

— J'ai raté ta réponse sur ta provocation.

— J'ai dit non. Je t'aide à voir clair.

— À quoi ?

— Ne serait-ce pas plutôt ton comportement qui prête à confusion ? Peut-être que ta copine a raison. Tu devrais te résigner.

— Je vais suivre vos conseils alors. Je n'avais pas vu cela ainsi. Je vais y réfléchir. Jusqu'à maintenant, je n'ai rien fait avec celui qui m'attend depuis un mois. Qui m'a fait voyager en classe business, et a pris soin de tout arranger pour que je sois à l'aise. Je ne fais aucun cas de lui, car j'ai fait mon choix, et je sais qu'il essaie de se racheter comme il peut pour le mal qu'il a fait. Ce n'est pas pour que tu me balances des âneries. Bonne soirée.

— Ah ! Ah ! Ah ! Quel autre intéressé, à part moi, connaît ce choix que tu dis avoir fait ? T'es trop toi. Se résigner, c'est des âneries ? La plupart des gens sont résignés.

— Oui, car quelque chose indique que c'est ce que je recherche ?

— Résignée ?

— Tu m'as bien dit de suivre le conseil de mon amie et de rester où je suis ? Tu as envie de piquer. De provoquer. Pas moi. Je veux des certitudes. Pas un questionnement ou des jeux de mots, ce soir. Comment dire ? On se verra aux USA, ou dans les îles. On se verra quand on se verra !

— Pourquoi tu t'énerves ?

— Je suis dans une position inconfortable. Suis frustrée, pas énervée.

— Chérie, ta position est aussi inconfortable, que tu veux qu'elle soit. À ton retour, tu peux lui envoyer un mail pour tout lui déballer, lui dire que tes sentiments ont changé. Tu devrais simplifier ta vie. Écris, si tu veux écrire. Pars, si tu veux partir. C'est aussi simple que ça. Mais tu prends position et tu t'engages.

— O.K. simplet.

— Une fois la décision prise, tout devient simple. Le plus dur, c'est ça. Tu compliques tout. C'est un dilemme interne. Tu n'es pas aussi sûre de toi que tu voudrais le laisser entendre. On dirait que tu ne veux renoncer à rien.

— Écoute. J'ai donné un délai, et j'ai signalé un changement. J'ai fait mon choix. C'est aussi clair que de l'eau de roche. J'aurais été tiraillé en acceptant une relation sexuelle avec lui. Ce n'est pas le cas. Je vais te laisser. J'emmène Julie à la tour Eiffel demain.

— Tu crois vraiment qu'il va se pointer en avril, et encore accepter de ne pas te toucher, sans discussion ? Sans alternatives, aucun homme ne refuse de toucher sa femme, même s'il ne l'aime plus. Question d'hygiène.

— Il a essayé. J'ai refusé. Se refuser à quelqu'un, c'est tout dire. Non ? Je lui avais dit, avant de venir, qu'il ne se passerait rien. Je ne prends plus aucun risque. Ensuite, il me connaît. Et, il est fier.

— Apparemment, il te sait saugrenue. Donc là, rien d'anormal.

— Ah ! Ah ! Ah ! Mais c'est vrai. J'impose mon rythme. Il a toujours toléré.

— Si on pense ça d'une femme, on la supporte comme on peut. C'est moins cher. Il suffit de laisser passer le temps, et on évite toute pension alimentaire.

— Et puis, je n'ai rien à prouver. Je t'aime, cela devrait te suffire. Ma relation avec lui est personnelle. Elle s'arrêtera bientôt. Pas besoin de m'aiguillonner.

— Je ne suis pas patient comme lui. Tes raisons et justifications me font penser à de la co-dépendance.

— O.K. Pense ce que tu veux. Je suis folle. Une grande malade. Commence par lâcher prise, toi-même. Arrête de tout analyser. Laisse les choses être. Ouais. Je suis une vraie salope.

— Tu devras choisir, car je ne serai pas ton amant. O.K. Je te laisse. Suis trop vieux pour entendre ce genre de conneries. Tu aimes le drame.

— J'étais ironique. Tu es jaloux, c'est tout. Tu m'as entièrement. Toute mon âme vibre pour toi. Mon corps aussi. Et c'était important qu'après le 15 janvier, le jour de notre union dans les bois, personne ne me touche.

— C'est lui qui t'a, et il le sait. Il t'a par votre fille et ton cœur vacillant de charité. Oui, tu montres beaucoup de bonne volonté.

— Arrête, parce que tu vas me pousser à bout. Moi non plus, je ne suis pas patiente. Je m'engage. Ce ne sont pas des mots pour moi. Et, j'arrive.

— Arrête de penser à ménager l'autre. Ça mène à tout perdre des deux côtés.

— Dialogue de sourds. Ne me donne pas le sentiment de ne rien faire. C'est faux.

— Pourquoi ne pas simplement dire que tes sentiments ont changé. Que tu ne veux plus du mariage. Pourquoi est-ce si difficile, vraiment ? Pas à cause de lui. À cause de toi-même.

— Maintenant ? Aujourd'hui ? Pourquoi mettre quelqu'un en difficulté parce que je ne peux pas attendre quelques semaines ?

— Tu fais beaucoup de choses, mais tu ne vas pas à l'essentiel.

— Tu m'aimes ?

— Trop, et ce n'est pas juste. Je devrais me soigner.

— Non. N'aie pas peur de m'aimer. Moi aussi, je pense t'aimer trop. Mais, je ne veux pas d'antidote. Je te souhaite une bonne journée. Je penserai à nous. C'est ma dernière journée ici, à Paris. Je vais voir Greta plus tard.

— Bye, femme rebelle.

Shah se rendait rarement en France. La dernière fois, venu assister au mariage d'un ami sénégalais rencontré à la fac, il avait débarqué au Best Western de Bercy, près du quartier asiatique, à quelques mètres de la station de métro Olympiade. Shah découvrait le Paris asiatique branché, aux rues pavées, remplies des parfums de la Thaïlande, du Viêtnam, du Cambodge, du Laos et de la Chine. Il se laissait emporter par le Tai Chi matinal du square Baudricourt. Une Brésilienne dodue à point, à l'épiderme doré, au français exotique, du bonbon pour un gourmand, lui faisait les yeux doux à l'accueil. Shah s'était vu lui faire des choses inavouables. Paris évoquait la sensualité. Arrivé une semaine en avance, il sortait accompagné de l'entourage du gendre, et vingt-six ans plus tard, redécouvrait le Paris des immigrés. Un Paris chaleureux, épicé, où les voix se déliaient, les corps se déhanchaient, dans une truculence assumée. À Paris, il se sentait renaître. Cette ville de rêveurs avait le pouvoir de nous investir d'une dignité qu'on ne trouvait nulle part ailleurs.

— Annelise, tu me redonnes goût à la vie, mais ton sale caractère m'insupporte. Tu t'énerves trop vite. T'es pire que moi, sur ce plan-là ! Ne me fais pas faux bond. Je t'en voudrais vraiment beaucoup cette fois. Ce sera impardonnable.

— Idem.

— On se comprend bien alors. Je t'aime.

— Chaque fois que tu me le dis, mon cœur bat plus vite, et tout se met en place.

Au travail, Shah avait résolu un problème épineux. Il reçut publiquement des accolades, des remerciements, ainsi qu'une prime de la direction. Une collègue lui adressa un mail pour le féliciter qu'il fit suivre à Annelise sans réfléchir. Il avait souhaité partager son allégresse. Grave erreur.

— Cette femelle a un truc pour toi. On ne s'ouvre pas ainsi si on n'a pas totalement confiance. C'est la porte ouverte à des sentiments, mais je t'en prie, continue de faire semblant de ne pas voir l'évidence même.

— N'importe quoi. D'où tu sors ça ? Je te montre le compliment qu'on me fait, les conseils qu'on me prodigue et, tout ce que tu trouves à dire, c'est ça ? Tu déconnes vraiment ! Oublie ça. Tout n'est pas histoire de cul.

— O.K. pas grave. Gros bêta. Fais ce que tu sens.

— C'est pas beau ce que tu viens de me montrer. Tu dois être fatiguée.

— Je ne joue pas. Je t'aime du fond de mes tripes. Y'a pas de place pour l'admiration amoureuse de quelqu'un d'autre. Je ne vise pas les beaux sentiments, mais l'authentique. Surtout avec toi.

— Pourrais-tu accepter que tu te trompes ?

— O.K. Je me trompe. Mais, garde tes remontrances.

— On se connaît elle et moi. Tu te trompes !

— O.K. laisse tomber. Au début, je te taquinais. Mais elle se sent assez proche de toi pour se confier totalement. Je ne préjugeais de rien de ton côté. Si c'était le cas, je ne t'en parlerais pas de suite, mais attendrais d'être sûre. J'attire juste ton attention sur les intentions de cette femme.

— Elle m'a beaucoup aidé avec ses commentaires, le bon comme le mauvais.

— Je ne suis pas naïve au point de croire que tu ne t'intéresses qu'au physique. Cependant, tu te trompes sur quelque chose : je parle d'elle, pas de toi. On verra bien.

— Peu importe ce qu'elle veut. C'est moi qui décide. Rien à craindre de ce côté.

— J'avoue que j'adore te contrarier.

— Faut pas. Je suis autoritaire. Dictatorial. Tyrannique. Un monstre quoi !

— Adorable monstre. Je suis jalouse. C'est vrai. Ah ! Ah ! Ah ! Tu n'es pas jaloux toi ?

— C'est trop moche. Pas vraiment. Je ne suis plus jaloux.

— Tu conçois la jalousie donc comme un manque de confiance en soi, pas une preuve d'amour, hein ? Je vais cesser d'être jalouse alors.

— On ne trompe que soi-même, en fin de compte.

— O.K. Je te croyais jaloux. C'est une bonne nouvelle.

— Ta jalousie à toi n'est pas très méchante. Je la vois comme un signe d'amour. J'aime que tu m'aimes. Un minimum de jalousie ne me dérange pas.

Sujet : T'aider

Annelise,

Accepte ce que je vais te dire sans l'analyser de façon cartésienne. Comprends avec tes tripes plus qu'avec ta tête. Laisse-toi pénétrer de ces vérités. Contemple-les, et puis, seulement après les avoir essayées, si elles ne marchent pas pour toi, rejette-les.

Nous sommes tous des Dieux... Nous sommes Dieu. La pensée est l'énergie créatrice par excellence dont nous disposons tous. Mais une pensée, cette énergie, n'est qu'un outil. L'outil essentiel dans la construction d'une vie. Seule la peur limite cette énergie créatrice. Elle empêche le fonctionnement optimal du cerveau, et empêche aux choses de se mettre en place. La peur n'est qu'une pensée à utilité limitée, elle signale l'existence d'un danger imminent. Toutefois, si elle perdure, c'est qu'elle est entretenue et alimentée. Arrête de donner de l'énergie à tes peurs.

Là où tu diriges ton attention est fondamentale. C'est le hic, le nœud de l'affaire, ton attention. Ce sur quoi tu choisis de te pencher, le sens que tu donnes aux évènements, à ce qui arrive, ensuite, les émotions que tes interprétations suscitent, tout cela détermine tes attitudes, ton comportement, tes actions, et puis finalement tes résultats.

En entretenant des idées positives, obsessives, sur la réussite, les possibilités, les perspectives, les atouts, les qualités, les solutions, ce qui marche bien quoi, tu ressentiras des émotions positives, un regain d'espoir, de confiance, un renouveau d'énergie qui augmentera ton sentiment de puissance. Mais en te focalisant sur les problèmes, en ressassant doutes, menaces, faiblesses, échecs, difficultés, tu finiras par drainer ton énergie, t'épuiser à ressentir des émotions négatives et encombrantes qui finiront par te rendre pessimiste, et créeront un blocage, du doute et de l'impuissance. C'est ce que tu fais bien trop souvent ! Le souvenir d'un moment heureux produit une sensation de bien-être. Le souvenir d'un moment malheureux engendre la tristesse.

Tout réside dans la pensée, cette énergie créatrice. Elle détermine ce que tu peux concevoir, et finalement accomplir. La créativité est la vraie clef de la libération humaine. Si tes problèmes peuvent être réglés par un peu d'argent, tu n'as pas vraiment de problème. Sinon, tu as besoin de puiser dans ton potentiel créatif. Annelise, tu n'es pas ta pensée. Tu n'es pas tes sentiments. Tes pensées engendrent tes sentiments. Tu es l'auteure de tes pensées et de tes sentiments. N'en deviens plus la victime. Tu ne dois pas t'y identifier, où t'y accrocher. Une pensée vient et va, laisse-la venir et partir ; si elle ne marche pas pour toi, ne la saisis pas, remplace-la par une autre pensée plus utile et plus efficace, en dirigeant ton attention. Ton stress est causé par tes ruminations. Tu rumines quand tu retiens des pensées négatives.

Voilà le secret du sorcier Shah. Avant d'en rire, médite-le, et mets-le en pratique.

Bonne chance à toi que ma pensée agrippe.

— Tu avais raison au sujet de la collègue. Son dernier message l'a confirmé. Comment tu savais ?

— Ça m'énerve. Donc, je ne réponds pas. Tu es assez grand. Tu le savais toi aussi. Bye.

— Non.

— Plus de crédit.

Objet de toutes les convoitises
Provocateur dans l'âme
Vous vous étonnez ensuite
De susciter tant d'érotisme
De passion et de flamme
Chez la gent féminine.
Loup. Tigre. Monstre
tour à tour. Qu'importe…
Rien ne les arrête.
Attention à Calamity Jane
Elle se tient en embuscade
Affûte ses lames,
Téméraires,
Certes. Et fatales.
Wanted dead or alive
Toutes celles qui s'aviseront
De croire même un instant
Qu'il y a un possible ferment
Entre cet homme et elles.
Les mots sont des balles, réelles.
Et les victimes se compteront à la pelle.

— Comment était Greta ?

— Un vrai agent provocateur ! Elle a cherché à me dissuader de poursuivre notre histoire. Elle veut que je regarde devant moi. L'homme qui a besoin de moi, c'est Gaëtan. Selon elle, je devrais me battre pour mon mariage. Il en va de la bienséance, et du bien-être de notre enfant. Elle voulait me faire promettre que j'allais reprendre mes esprits. Pour elle, il n'y a que l'argent qui compte. L'amour ne sert à rien. Elle est marrante.

— Fais un très bon voyage demain. Bye.

— Que se passe-t-il, Shah ? Tu peux m'expliquer ?

— Chacun doit se battre de son côté.

— Je te supplie, arrête de faire ta mauvaise tête. Qu'est-ce qu'il y a ? Tu ne crois tout de même pas que… ?

— Il y a un gouffre. Ne t'inquiète de rien. Vis pleinement. Ça va passer !

— C'est décevant de se voir traiter de la sorte. Gère mieux. Tu me rends malheureuse ?

— Je suis malheureux. Il n'y a aucune garantie dans la vie, et c'est comme ça.

— C'est de la torture. Je ne te sers à rien.

— Pas maintenant, s'il te plaît.

— Pas d'excuses minables. Tu as peur au fond qu'entre nous, ça ne colle pas. Tu recules comme d'habitude ?

— je n'ai peur de rien. Ce qui arrivera arrivera ! Je m'en fous. Et je ne recule pas.

— Tu as certainement d'autres chats à fouetter ce soir, hein ? Le combat de l'amour requiert un vrai guerrier. Les mots de Greta ne sont que des mots. Je m'en moque.

— Je ne t'accuse de rien. Je suis un animal blessé, et tu n'y peux rien.

— Tu me brises le cœur encore une fois.

— Honore l'humanité de celui qui a besoin de toi ce soir. L'heure est à lui. Il gagne. J'aurai mon heure.

— Il gagne quoi ? Je décide de ce que je veux. Il dort. Et Julie dort avec nous ce soir. J'arrête.

— Il vaut mieux ne pas compter sur ce qu'on ne maîtrise pas. Je ne peux rien te demander. Va dormir. Aie l'esprit tranquille. Je t'aimerai toute ma vie.

— Shah, du fond de mon cœur, je t'emmerde.

— Grossière, sans raison ! C'est moche. Tu comprends mal, et tu deviens primitive.

— Écoute, tu viens de me faire vivre le même cauchemar que j'ai avec toi à chaque fois. Dès que je m'approche trop près, pour une raison ou une autre, tu fuis.

— Je n'oublierai pas que du fond de ton cœur, « tu m'emmerdes ». Je ne fuis pas. Comment fuit-on quelqu'un qui n'est pas là ?

— Cette insulte est bien piètre par rapport à la somme de douleur que tu viens de m'infliger. C'est comme si tu venais d'éteindre toutes les lumières dans une pièce.

— Tu imposes la douleur, puis tu joues à la victime ?

— Je ne joue pas. Je préfère une insulte à toute cette douleur. Je m'excuse, du mot. Il est faux.

— Ta vie n'est pas en ordre, et ne le sera pas parce que tes idées ne sont pas en ordre.

— Pourquoi tu me fais ça ? Tu veux ta liberté. Vas-y, prends-la, mais ne me renvoie pas la balle en me disant que je te fais faux bond. Je viens vers toi. Aie confiance.

— Je suis libre de t'aimer ou non. J'ai fait mon choix, et tu m'emmerdes avec tes craintes infondées.

— Je ne t'insulte pas. Je suis blessée. Je ne suis que blessée. Mais ce soir, j'ai eu peur. Peur que tu me laisses tomber.

— La grossièreté chez une femme, c'est carton rouge direct. Ça, et le crachat. Une femme vulgaire n'est pas attirante.

— Je ne suis pas vulgaire. Je sais que je m'énerve vite, que je peux être désagréable. Bref ! Que dois-je comprendre ? Tu me renvoies dans mes foyers. Un jour ? Cela ne veut rien dire. Tu te rends compte de l'incohérence ? Tu es venu en Guadeloupe. On s'est vu. On s'est engagés. Je demande un délai au bout duquel, seulement si je ne suis pas là, tu pourras me dire adieu.

— Qui parle de dire adieu. Tu seras prête quand il saura à quoi s'en tenir. En attendant, la graine n'a pas été plantée.

— O.K. Je vois. Ne me trahis pas, c'est tout. Je te suis fidèle à tout point de vue. Bye mon Amour. Dis mon amour.

— Bye, sale garce !

— O.K. Ça me va. Mais avant que tu raccroches, laisse-moi te dire que j'ai des visions de tes mains sur mes seins, sur mon sexe, que j'ai envie de sentir le tien sur mon ventre. Tout chaud, en érection, jusqu'à ce que je n'en puisse plus, et n'aie qu'une envie : l'enfouir au plus profond de moi pour calmer cette chaleur, et que monte cette douceur enivrante. Stop, respire, recommence, stop, respire, recommence. On se perd l'un dans l'autre.

— Hum ! T'es complètement timbrée. Je t'aime comme ça.

—Je sais. J'aime réveiller la bête qui sommeille en toi. Tu me combles. Pendant des années, j'ai joui en étouffant ton nom. Je te porte encore en moi. C'est dément. Quel marquage !

Julie était ravie. Bientôt, son père retournerait définitivement auprès d'elle. Il l'avait confirmé. Il la comblait de présents, d'attention, quand il en prenait le temps, elle en devenait euphorique, et puis, plus rien. C'était comme si elle aussi n'existait plus que comme un objet d'apparat. À onze ans, elle se régalait à frustrer sa mère par une campagne assidue pour l'attention de son père. De retour en Guadeloupe, entourée des femmes de la famille, la manipulation et les jeux de la séduction ne marcheraient plus, ni sur la maman, ni sur la mamie.

Shah en était sûr, Gaëtan, cet usurpateur, par son acharnement à mettre de la distance entre lui et la misère, entre lui et la petitesse, devait avoir accumulé des galons et le pactole qui immunise contre les coups durs et l'arbitraire. Dans ses habits neufs et chics, du haut de ses prétentions, pouvait-il encore ensorceler l'âme sœur subtilisée ? La belle Annelise était-elle suffisamment vaine pour s'affranchir d'un amour essentiel, au profit d'un confort contraignant ? Était-elle vénale ? Shah se rendait malade à décatir cette question primordiale ? Lui demander serait vain. Elle dirait non. Il ne la croirait pas. Qui n'aime pas les belles choses ?

Lui, Shah, n'avait que des rêves fous. Il s'esquintait au travail. Cette course de rats qu'on dénommait travail n'était rien d'autre qu'une guerre larvée. Le travail, c'est la guerre. Résigné, découragé, il se laissait dégringoler de l'escabeau de l'ambition, pour atterrir sur le sol froid, à genoux, converti au je-m'en-foutisme.

Malgré lui, il se sentait devenir un vyé nèg aigri. Le prix moral du renoncement en était exorbitant. Annelise, pourrait-elle le rejoindre dans son rejet de l'arrivisme, dans son abnégation ? L'objet convoité, enfin possédé, assujetti. Il possède à son tour celui qui le possède. L'objet est un mauvais maître. Le possesseur se retrouve possédé par sa possession ; enfermé dans un autre carcan. Le pauvre s'inquiète de n'avoir rien, le riche s'inquiète parce qu'il a peur de perdre ce qu'il a. Ni l'un ni l'autre n'est libre. Sera-t-elle assez forte pour voir clair ? Choisira-t-elle la liberté ou la sécurité ? Ni esclave ni maître. Loin de la manipulation des objets.

— Tu m'oublies trop vite Shah. C'est un problème.

— Pas du tout. J'oublie juste la sensation. Ton visage est gravé dans ma mémoire. Mais pas ton derrière.

— Trop drôle le primitif. C'est pire. Waouh ! Moi, je te ressens encore en moi. Tes mains en mon centre. Ton toucher. C'est incroyable !

— C'est notre punition pour avoir perdu tant de temps.

— Ce sera encore plus doux d'être ensemble. C'est exaltant. Encore un mot. Je me sens liée à toi tout le temps. Quand tu m'affirmes ton amour, cela me porte et je me sens prête à tout. Viens dans mon lit ce soir, cher soukougnyan. Je t'imagine à mes côtés. Je te laisse une place. Bises sur ton corps adoré. Tu sais combien tu me plais. Je t'embrasse tendrement et ensuite passionnément. J'ai hâte de t'avoir entre mes reins, et te sentir frissonner. Je revis dans la chair l'exacte sensation que j'ai eue quand tu t'es laissé aller et venir en moi. J'ai tout ressenti.

— Hum ! Tu me donnes envie de recommencer.

— Donne-moi l'adresse de ta mère. Je veux la féliciter par écrit d'avoir mis au monde un tel cadeau.

— Elle ne pourra pas comprendre. Tu me féliciteras en personne. C'est toi mon cadeau.

— C'est toi l'amour de ma vie. Je ne supporte pas que tu le mettes en doute. Depuis que je t'ai rencontré, je n'ai jamais pu m'investir à 100 pour cent dans une autre relation. Tu ne dois pas confondre amour de jeunesse et amour de ma vie. Je suis là, après plus de 20 ans. C'est toi que je veux. Ça fait des années que je refais l'amour avec toi en pensée. Et que j'atteins l'orgasme. J'ai mal.

— Où ?

— Partout.

— Pourquoi ?

— Tu me manques affreusement.

— Fais du sport comme moi. Ça calme !

— C'est une excellente idée.

Sujet : Encore le pot de colle

Bien sûr, mon chéri. Je comprends tout à fait. Tu t'es certainement connecté et as vu mes messages. C'est sûr que tu dois être épuisé. Pris par le boulot. Pauvre de toi. Pas de souci. Le pot de colle qui t'envoie dix messages par jour, qui a dormi trois heures hier soir, est en train de bosser tard, mais attend quand même gentiment de pouvoir échanger deux mots avec toi, car c'est important pour elle, te COMPREND parfaitement. Message reçu. Bonne fin de semaine. Mon emploi du temps est assez rempli également. Pas de souci. On reste en contact. C'est quoi déjà ? La belle grosse chabine.

Sujet : Re : Encore le pot de colle

Hey ! C'est quoi cette histoire de pot de colle ? Oh là ! Lourd. Contrôle-toi. Pose plus de questions. Fais moins de déclarations. Pas cool comme réaction. Plus tu es fatiguée, moins tu devrais écrire. Fais comme moi. Plutôt que d'effrayer les curés, quand je suis déprimé, je repose mon cerveau. Ça fait beaucoup moins peur. Tu m'effraies quand tu délires comme ça. Si je ne t'aimais pas, j'aurais pensé le pire. Ménage les autres. Je te veux forte. Bon, ce n'est pas la fin du monde, et tu ne me brutaliseras plus. À plus tard, pot de colle.

Sujet : Re : Encore le pot de colle
Vu. Je me tais donc. Je te recontacte quand je serai plus correcte. Un être plus gris. Là, je suis trop rouge. Presque incandescente. Pas bon ça. Merci d'avoir lu et répondu. Surtout. Très bonne journée.
À bientôt,

Sujet : Re : Encore le pot de colle
Je suis trop fatigué. Mal à la tête et vraiment pas envie d'aller bosser. Mais aucun choix. Je pense à toi. Shah : Tension, 174.

Sujet : Re : Encore le pot de colle
Bonjour mon Amour,
Je pense à toi aussi. Désolée d'apprendre que tu ne te sens pas bien. Je t'aime et t'embrasse du sommet de ton crâne. Je descends lentement vers ta nuque que j'embrasse et caresse. Ne bouge pas. Des petits bisous sur tes épaules. Je les masse doucement. Ferme un peu les yeux. Je suis derrière toi. Relâche-toi contre moi. Je suis nue. Peau contre peau. Je te réchauffe, et te tiens entre mes bras. Contre mes seins, et mon ventre. Relax. Je suis là. Je serai toujours là. Mets une

compresse de vinaigre sur ta nuque. Et chasse ces pensées qui affolent ton système.

Je t'aime plus que jamais. Mon homme.

Ta Femme, Annelise.

Sujet : Re : Encore le pot de colle

Doudou,

Je suis restée triste de nos échanges d'hier. Une vilaine impression ne m'a pas quittée.

Peut-être suis-je trop pressante, trop soucieuse de te plaire. Et je me dévoile trop. Je ne suis plus triste. Après une journée avec moi-même, j'ai réussi à garder mon calme. La spontanéité fait partie de mon charme, me dit-on.

Au revoir Shah.

— J'ai eu Gaëtan ce matin. On a discuté. Vu ce que je lui ai dit, il m'a avoué appréhender son retour. C'est parti de ce que je ne lui dis plus que je l'aime. J'ai du mal à ne pas tout déballer. J'attendrai son retour.

— Et il s'attend à quoi exactement ? C'est plus difficile face à face, non ? N'est-il pas censé venir en avril ?

— oui. Mais je n'aime pas les demi-mesures. C'est tout.

— Oh là ! Le ton monte. Tu deviens rapidement impatiente. Les questions te gênent.

— Ah oui ? Fais-le-moi remarquer. Qui es-tu pour dire cela ?

— Qui je suis pour dire quoi, Annelise ?

— Que les questions me gênent. Tu me juges parce que je réponds vite. Je dois être plus réfléchie certes, mais je suis claire. Je remets en question quand c'est nécessaire. Qui es-tu pour me dire quoi que ce soit ?

— Le ton que tu prends ! La seule façon de s'entendre avec toi serait donc de te dire ce que tu veux entendre, ou de ne jamais rien remettre en question ? Savoir s'écouter est une valeur absolue pour moi. Je ne crois pas que ton courage soit à la hauteur de ta conviction. C'est pour ça que je pose des questions. Pour confirmer. De là où je suis, tu ne sembles pas assumer ce que tu dis vouloir. Tu te caches trop. Tu ne vis pas dans la lumière.

— Je t'écoute attentivement. Et je vais me faire une faveur. Je ne vais pas tenter de me défendre. C'est inutile. Si j'appliquais à toi la moitié de ce que tu viens de me dire, je ne serais plus là. C'est impossible. Je n'aime pas les jugements ni le mépris, même feutrés. Dis-moi clairement ce que tu veux, maintenant.

— Je veux que tu gardes ton calme quand on discute. Les mots ne doivent pas susciter une si grande anxiété. Je veux que tu te fasses, et fasses à tout le monde, la plus grande faveur, et que tu aies enfin le courage de dire ce que tu dois dire. C'est tout. Ne pas le faire, c'est faire durer les enfantillages. Il ne le mérite pas, je ne le mérite pas, tu ne le mérites pas. Nous méritons tous mieux. Voilà.

— O.K. Je veux que tu saches ce que je pense, et que je ne fais rien, si en moi, une pensée n'est pas aboutie. Mon temps n'est pas le tien, et vice versa. J'ai déjà posé des jalons, et plus tôt que ce qu'on avait prévu. Je ne suis pas la lâche que tu dessines en filigrane. Et je n'ai même pas à te le prouver. Après, je ne vois pas à quoi cela sert de s'embarquer dans une relation où l'un ne respecte pas l'autre. Moi, je ne peux pas. C'est une valeur absolue. Je dois t'admirer, être admirée et respectée en retour. Parfois rappelée à l'ordre, certes, pour être plus focalisée, peut-être, mais il ne faut pas déverser sur moi ce genre de jugement.

— Tes réactions en disent long.

— O.K. soit.

— Je n'ai pas besoin de te juger. Tu le fais si bien toi-même. Tes réactions trahissent ton malaise. Si tu n'assumes pas, reconnais-le et cherche ton équilibre.

— Il n'y a pas de malaise. J'ai toujours demandé un délai, septembre, et je n'ai pas varié. Je demande du temps pour la logistique. Ma pensée aboutit, en septembre, on met en place. Le malaise, c'est que je ne peux pas aller plus vite, parce que c'est le processus que j'ai validé.

— Je suis assez patient et, comme je l'ai dit, je crois en toi, mais notre façon de communiquer craint.

— C'est vrai.

— Et tu y contribues.

— Oui.

— Et c'est comme ça que tu veux qu'on évolue ? Moi, non.

— Que dire ? C'est toujours de ma faute, n'est-ce pas ? Je ne suis pas la seule contributrice. Je pensais que tu pourrais l'admettre aussi. Mais bon. Tu es sage. Moi pas. Dis ce qu'il y a. Je ne sais plus quoi dire. Tu es plus sage que moi. Que préconises-tu ?

— D'où vient ton besoin de te disputer ? Le mien vient de vos enfantillages. Tu pourrais changer les règles du jeu malsain que vous jouez ensemble, lui et toi, maintenant, si tu voulais.

— Je ne me dispute pas, je dis ce que je suis, et ce que je fais. Je suis à toi. Je viens. Aie confiance. Le jeu, je le joue pour gagner. Il y a ma fille, et toi, et je risque gros. Elle, son respect si son père décide de me salir, toi, l'amour de ma vie sur lequel j'aurais pu continuer de fantasmer, mais que j'ai choisi de retrouver. Je m'impatiente, car quand je décide, je n'écoute plus la raison. Sois honnête. Tu me découvres. Si ce que tu vois n'est pas ce que tu veux, dis-le. Quant à moi, je te vois plus extrême que je t'imaginais, mais tu ne m'effraies pas. Je sais me défendre. Je n'ai aucun sens de l'humour.

— Ça, c'est clair, il manque un peu.

— Quant à tes relations, si tu en as, mêmes virtuelles, avec des femmes, arrête tout, car je suis maladivement jalouse.

— Alors le mieux, c'est de faire le nécessaire pour qu'on soit rapidement ensemble.

— Une question. Faut-il blesser les autres pour vivre une histoire d'amour ? Cela en vaut-il la peine ? Et est-ce nécessaire de radicalement changer sa vie ?

— Annelise, tu dois répondre à tes questions toi-même. Je connais mes réponses. Mais, si tu dois demander, tu connais déjà tes réponses aussi. La réponse est dans la question. Elle pointe vers ton doute.

— On m'a posé ces questions. Selon mes réponses je suis égoïste et naïve de surcroît.

— Fais ce qui est bien pour toi, et libère-moi, ainsi que tous ceux que tu retiens. On t'a posé les questions qui correspondaient à ton besoin. Tu cherches ce questionnement dans ta démarche. Mais, tu ne t'en rends peut-être pas compte.

— Quand j'affirme que c'est toi l'homme de ma vie, on me renvoie à mon devoir de mère, et de femme mariée.

— À leur place, j'aurais fait la même chose.

— Mais c'est prévisible.

— Le carcan ? Tu n'es peut-être pas aussi rebelle que tu penses.

— Comme je l'ai dit, j'arrête de parler quand on essaie de m'influencer. Avant, c'était l'écoute simple, et quelques objections...

— Mais, c'est toi qui ouvres la boîte de Pandore. Parler c'est influencer.

— Maintenant qu'on se rend compte que c'est bien réel, on allume les voyants rouges. Prévisible.

— Rien d'anormal là !

— Personne ne veut cautionner ce qu'ils considèrent comme une catastrophe annoncée. Je comprends.

— Mais tout cela ne sera vraiment réel que quand la rupture sera un fait accompli. Ils le savent tous.

— Et quand ça marchera, tout le monde suivra. Donc, peu importe.

— Personne ne suivra. Tout le monde tolérera. Tout cela n'existe qu'en potentialité. Le travail reste à faire.

— O.K. Socrate.

— Pour l'instant, ton vécu n'est pas à la hauteur de tes affirmations. Quand tu n'auras plus rien à raconter, ils sauront que quelque chose de tangible est en branle... J'ai l'impression qu'on ne vivra pas ensemble.

Silence.

— Shah, je ne comprends pas. Que dois-je penser de ce que tu viens de dire ?

— O.K. Tu as l'impression qu'on ne vivra pas ensemble ? Je t'écoute, et j'en ai assez. Je sais que je te veux. C'est simple et bête. Tu n'es pas convaincu. Si tu veux quelque chose d'absolument sûr, reste où tu es. Dis-le que je ne t'intéresse pas.

— Pourquoi tu cries ?

— j'ai l'impression qu'on ne vivra pas ensemble. Explique-toi ! Je croyais qu'on avançait. Et tu reviens avec ce doute. Je te réponds à chaque fois. Mais si je ne t'inspire pas confiance, laisse-moi tranquille. Passe ton chemin, vagabond. Ce n'est pas possible d'être remis en question en permanence. Je ne te le fais pas, moi.

— On n'a jamais discuté de l'aspect logistique, du logement, du travail, de la retraite, etc. Rien à voir avec une attaque contre toi ; tout à voir avec le côté pratique de la vie. Laisse tomber, tu me prends pour un débile. Je passe à autre chose. Bonne nuit. Tu t'emportes trop vite, et tu m'énerves.

— Aucun intérêt. Je suis là.

— Non, c'est important. Comme ça, je garderai mes distances.

— Ce qui motive ces gens c'est la peur.

— Malheureusement, parler trop c'est se nuire. Et la peur est très contagieuse en fin de compte.

— Je les comprends, mais ils savent que je ferai ce que je veux faire.

— Pourquoi raconter sa vie ?

— Je ne parle qu'à mes proches qui me le rendent.

— Donc ça provient de ta famille.

— Ça ne provient pas de ma mère ou de mes frères. Ils ne savent rien. Ma mère veut la paix. Que je sois bien avec ma fille. C'est tout. Mais l'enfer est pavé des meilleures intentions. Donc j'arrête quand cela m'éloigne de ce que je veux.

— Pourquoi même commencer ? Les gens sont si prévisibles.

— Pas grave. Marilyn a déjà reconnu que rien ne m'empêchera d'aller vers toi.

— Pourtant elle voudrait t'en dissuader.

— Donc, en fait, tout ça, c'est un peu de feedback, positif et négatif. Ces gens me connaissent. Ils connaissent mon fonctionnement, donc, j'écoute. Après, chacun sa vie.

Elle étudie et travaille, n'empêche que l'attente de l'autre reste la même — qu'elle effectue les tâches ménagères, fasse des enfants, en assure l'éducation, se préoccupe de son mari, même absent. La femme doit encore obéissance et soumission aux normes de sa société, ainsi que la fidélité toujours à un homme même infidèle. Ses obligations limitent son droit à jouir de son corps. La jouissance de la femme menace l'ordre patriarcal. On la surveille. On la critique. L'homme veut en faire un accessoire, un maillon, un instrument de reproduction du même. Personne ne veut plus libérer personne. Chacun accapare ce qu'il veut, comme il peut. La femme arrachera ses chaînes elle-même. Nous sommes tous prisonniers. Enfermés dans des cages invisibles que nous créons nous-mêmes. Carcan entretenu par notre culpabilité. Double standard dans le désir, actionné par l'autocensure, et l'emprise d'une tradition trop respectée. La liberté n'est pas gratuite. La liberté n'est pas libre. Elle exige le courage de payer le prix fort, le prix du sang et de la foi.

— Bonne nuit. Une histoire se vit dans l'action. Le besoin chez toi de raconter, au lieu d'actualiser, sous-tend que tu n'es pas plongé, immergé dans notre histoire. Absorbée, tu n'en parleras plus autant. Le moment présent se vit dans le plaisir. Tant que tu en causes, tu signales un doute.

— Je parle de tout. De mon mariage. Il est réel ? Mon travail. Ma fille. C'est ma manière de m'éclaircir les idées. Je n'attends pas forcément des conseils. La preuve. J'applique rarement.

— La première fois, il y a vingt-six ans, ta mère a senti ta crainte, et t'a répondu ce que tu voulais entendre. Maintenant, d'autres prennent le relais.

— Les gens aiment trop donner des conseils. J'exorcise à voix haute, c'est tout. Quand j'en demande, je les applique.

— Dors bien. Crois fort. Et visualise notre succès.

— Oui. Je te déteste.

— O.K. demain, je serai là.

— C'est de l'ironie. Je t'adore.

— Bye, trophée.

— Je t'embrasse. Fais du sport. Je continue à perdre du poids. Encore 7 kg, et je serai à mon poids d'il y a 15 ans. Trop fée. Pas sorcière.

— La maigreur, non !

— N'importe quoi.

— Les rondeurs. Sexy.

— Les kilos se placeront différemment. Dis adieu à la grosse chabine des bois.

Deuxième fois qu'elle envoyait le même message. Perplexe, elle se massa les tempes. Les yeux mi-clos. Elle relut leur échange : « Tu me manques », et tenta de rester calme. Ça ne rentrait pas. Aucune réciproque. La réponse de Shah ne variait pas, « Tout va bien dans le meilleur des mondes. » Elle étouffa un soupir. À quoi bon persister ? On était mercredi, jour des mots maudits. Une lune capricieuse devait leur pisser dessus chaque quatrième jour de la semaine. Non, décidément, ces deux-là n'auraient qu'équivoque et incompréhension. Annelise se mit à rire malgré elle. Fallait-il y voir la main du destin, ou la simple répétition de maladresses humaines ? Rien n'était jamais acquis. Elle rêvait de chuchotis de mots pour lui décliner son manque, une angoisse que lui seul savait éteindre. Trois mots tranchants comme une lame à raser qui lui ôteraient tout doute. « Je t'aime. » Elle ne savait comment les lui réclamer. Consumée par ses maux, elle cherchait, éperdue, des sons forts pour les annihiler, les mettre à nu, et désamorcer leur pouvoir. Rien n'y faisait. Ni Kassav, ni Dominique Coco, ni Jean-Michel Rotin. Rien. Pourquoi ne pas se balader à poil ? Ou tournoyer comme un derviche jusqu'à l'épuisement. Cela irait plus vite, pensa-t-elle, narquoise. Était-elle jalouse du silence de Shah, de celui qui pouvait se taire sans souffrir de n'être entendu ? Naan. Délaissée, certes ; incomprise, absolument. Jalouse, non. Le grand méchant Shah n'avait pas le temps pour les états d'âme de sa dame. Les mots de sa fiction, la réalité de sa componction, avaient pris le pas sur l'exigence d'une relation ajournée qui ne pouvait s'écrire qu'avec amertume. Explication unique de sa dissipation soudaine. La souffrance d'aujourd'hui s'écrit à l'encre sympathique. Annelise recherchait l'onction. Elle ne devait connaître dans l'instant que la séparation. Il lui parlerait peut-être demain, qui sait. Elle cessa de se masser les tempes. Foutue migraine. Suffit. Basta. Assez…

— Joyeux anniversaire ma poule. Ton coq ne t'a pas oublié. Fais en sorte que ce jour d'aujourd'hui soit rempli de joie et de bonne humeur. Quelqu'un t'aime, loin, au Nord.

— On doit être les rois de la basse-cour. Ma poule ? Ton coq ? Journée déjà en dents de scie. Trop d'émotions fortes, négatives et positives… Provenant de différentes personnes. Mais heureusement, j'ai reçu ton amour en plein cœur. Finalement, je respire. Tu m'as manqué hier soir.

— Passe une très bonne journée. Aujourd'hui, c'est vendredi.

— O.K., soyons vrais. Je suis triste. Tu m'as manqué. Gaëtan arrive. Demain soir, je ne serai plus seule, et j'ai beaucoup de choses à régler, mais toi et moi, nous ne semblons plus être sur la même longueur d'onde. Pourquoi pas ? Dis-moi. Que se passe-t-il ?

— Demain ton bonheur.

— oh ! Tu me casses les pieds ! Bye.

— Ne t'en fais pas. Je ne vous dérangerai pas.

— Arrête. Pourquoi ce rejet ? Je cherchais ton amour, tu me repousses. C'était frustrant hier soir. Que veux-tu ? Là, tu me blesses inutilement. Je pourrai mentir par omission, me contenter de te parler que de ce qui nous concerne stricto sensu, mais je m'ouvre, et tu me claques la porte au nez. J'ai eu tort de te le dire. Je suis frustrée. Tu ne coopères pas. Je ne sais plus quoi dire. À tout moment, j'ai l'impression que tu peux me larguer parce que j'ai dit le mot de trop, ou pas eu l'attitude que tu attendais. Donc, je te prie de me dire ce qui se passe vraiment.

— Que veux-tu que je te dise ? Tu crois vraiment que les gens vivent dans ta tête, et lisent tes pensées. Exprime-toi mieux au lieu d'attendre des mots, et des choses que toi seule connaisses.

— Je n'ai cessé de te dire que tu me manquais.

— Qu'espérais-tu ? Que je réponde » oui, à moi aussi tu as manqué, et pendant qu'on y est, amuse-toi bien avec Gaëtan ? » Toi, tu aimes trop l'embrouille. La réponse aux choses comme ça, c'est l'action. Tu sais quoi faire si tu ne veux pas que je te manque.

— Il peut y avoir des moments où ça beugue entre nous, ou ça ne passe pas. Peu m'importe, car il y a au moins de la passion. Et rien de ce que tu fais et dis ne me laisse insensible. Je sais de quoi tu parles, mais le timing, et le contexte comptent aussi pour moi.

— Ça beugue tout le temps entre nous. Rapide à la détente, émotions à fleur de peau qui trahissent les difficultés que crée un manque d'audace. Non ?

— O.K. Mea culpa. Maxima culpa.

— Si tu clarifiais les choses, comme je te demande depuis nanni nannan, le malaise disparaîtrait, et peut-être, pourrais-tu rester assez posée pour discuter normalement. Mais tu ne vois probablement pas les choses de cette façon-là. Continue donc de te mentir. J'espère qu'il y aura encore des gens pour supporter ça.

— Tu vois certainement mieux que moi, monsieur je sais-tout.

— Cette anxiété est le résultat de ton déchirement. Je subis tes humeurs. Mais, pour le moment seulement.

Grand ras-le-bol. Parler sans cesse des mêmes choses. Ce surplace lui provoquait un resserrement de l'épigastre, une sensation impérieuse d'oppression, et des palpitations irrépressibles. Ce refus d'Annelise de dire, cette volonté de ménager Gaëtan, de prendre trop de gants avec lui devait cacher quelque chose d'inavouable. Sa difficulté à dire la vérité, à assumer le châtiment, à accepter le prix de sa liberté imposait une souffrance à Shah. Annelise lui transmettait son anxiété, sa profonde impuissance. Son inquiétude face à l'avenir ne laissait rien présager d'exaltant. Elle soulignait son manque de confiance. La peur n'est-elle pas l'ennemi de la foi ? Elle, avec qui on s'engageait, avait peur de s'engager. Elle, qui trompait, avait peur d'être trompée. Elle qui disait vouloir quitter, avait peur d'être quittée. Quel était son degré de sécurité intérieure ? La confiance est toujours un risque. Pourquoi ne pas accepter l'évidence ? Devait-elle se résigner à son sort, et renoncer à son amour ? Quitter quelqu'un, c'est d'abord le quitter dans la tête. Or, le mari absent était omniprésent. Il polluait leurs échanges.

— Que veux-tu que je dise ?

— Tu seras heureuse avec l'homme qui accepte tout, Annelise.

— Rien de ce que je fais ne t'agrée.

— Tu cherches à le ménager. Avoue donc que tu adores ton Gaëtan, et laissons tomber cette charade.

— Accepteras-tu de croire autrement ? C'est tellement simple de me renvoyer à mes foyers. Ce n'est pas la première fois que tu le fais.

— Ta position n'évolue pas depuis janvier. Je te propose une solution que tu rejettes, préférant vivre dans tes peurs imaginaires.

— Je vois que tu as décidé d'être brutal aujourd'hui. Shah, ne piétine pas mon âme. Elle ne te veut que du bien.

— Non. Tu me fais perdre un temps fou par tes hésitations. Pour créer quelque chose, il faut d'abord bouger, avancer. Gaëtan a un meilleur plan pour toi. Il te connaît mieux. Moi, je ne te comprends plus. Je l'avoue.

— Gaëtan arrive. Tu me largues pour qu'il me console. Tu te débarrasses de moi. C'est cela ? Pas la peine de me dire tout ça. Tu en as marre ? Dis-le.

— Tu rends les choses difficiles par tes choix d'inaction que tu justifies d'une manière ou d'une autre. Et en plus, tu retournes toutes les situations en ta faveur, comme la victime.

— Puisque rien, mais rien, de ce que je suis, ou fait n'est à la hauteur de ce que tu attends…

— Gaëtan est ton mari. Maintenant, je comprends pourquoi. Il est hyper patient avec toi.

— Dis ce que tu veux. Je m'en fous.

— Ma vie n'est pas un long fleuve tranquille, mais un torrent qui cherche sa voie, et tu en bloques le flot. Tu n'es pas le nombril du monde, et tu en fais trop. Choisis, ou je choisis pour toi.

— J'en fais trop ?

— Sensibilité à fleur de peau, emportements intempestifs, chichis à gogo.

— Je t'ai choisi. Sauf que tu ne veux pas le croire ni attendre. Et laisse-moi te dire que toi aussi, Shah, tu fais bien ta diva parfois. Que dis-je ? Maintenant.

— Attendre quoi ? Que tu aies du courage ? Non, non, non. Voilà ta réponse. Tu refuses de faire le travail difficile de confronter tes démons. Tant pis. J'aspire à vivre sans cinéma, et sans poudre aux yeux.

— Tu as choisi ?

— Remarque comment ça a toujours été comme ça entre toi et moi. Une histoire perpétuellement inaboutie. Maintenant, je vois pourquoi. Tu préfères tes nuages à ma réalité.

— Ta réalité ? Tu choisis bien ton moment, toi. Qu'as-tu choisi ? Tu fais des remarques qui me montrent que je ne suis pas ce que tu attends. Soit. Je t'ai dit oui. Je t'ai dévoilé mon âme, mon corps, mes contradictions, mes espoirs.

— Fais l'amour avec l'homme que tu aimes. Tu l'as déjà, et oublies celui que tu frustres. Je reprends mon pouvoir.

— Tu m'aband… Pas de mots.

— Au moins tu m'auras fait rêver. Merci Annelise.

— C'est ce que tu voulais, hein. Une partie de jambes en l'air. Pas plus apparemment.

— Ta condition reflète exactement tes attentes et tes convictions. Tu n'es pas en mesure de me donner ce que j'attends. Ton cœur est divisé.

— J'espère que tout cela est une vaste blague, Shah. J'ai mis ma vie entre tes mains. Arrête.

— Tu as mis un tout plein de non, non, non, muets, mais bien réels, dans mes oreilles. Message reçu. Attentes vaines. À chaque fois, c'est comme ça avec toi. Latif et maintenant l'autre, à chaque fois, l'indécision, la lenteur. Moi, j'ai une vie à vivre.

— Janvier à avril ? Je n'ai pas de mots. Je ne donne pas, et ne reprends pas mes sentiments aussi facilement que toi. « Mon pouvoir ». C'est quoi ça ?

— Je vis à l'heure américaine ou les choses vont plus vite. La vie est courte, Annelise. Soit on sait ce qu'on veut, soit on ne sait pas. On ne joue pas avec les sentiments des autres. On sait, ou bien on ne sait pas.

— Je joue ? Tu en as décidé ainsi. Tu coupes, tu haches, tu tues. Peu t'importe.

— Annelise, on fait, ou on ne fait pas.

— Bah. Tchip ! J'ai repoussé une proposition d'aller trop vite, c'est tout. Dis-moi, qu'est-ce que je te demande, hormis l'assurance de ton amour ?

— L'assurance vient de l'action que tu rejettes. Pas d'assurance dans les mots. Ce soir, tu auras toutes les certitudes vides que tu cherches.

— J'ai du mal à te suivre rapidement sur un projet. Ça y est, je ne suis plus qualifiée ? C'est ça l'amour ?

— Crois ce que tu veux. Je suis en retard.

— Moi aussi. C'est fini entre nous ?

— Tu connais la réponse. Tu récoltes ce que tu sèmes. Tu dois être contente.

— Arrête, Shah. Je viens vers toi. Arrête.

— Annelise. Je veux que tu fasses montre de bravoure et fonctionnes comme une adulte qui s'assume plutôt que cet enfant gâté qui ne veut rien perdre.

— Moi, je veux que tu arrêtes d'agiter un sabre au-dessus de ma tête. Je t'appartiens. Ne me renie pas.

— Alors, agis en conséquence !

— J'agirai comme je te l'ai dit. Je suis à toi. Et rien ne s'y opposera.

— Ma patience est à bout.

— Ce n'est pas ce que je veux. Tu me connais. Tu sais au fond de toi que je te donne, et te donnerai tout.

— Je ne veux plus parler des mêmes problèmes avec toi.

— Arrête de me couper la tête. Elle est presque tranchée, là.

— Arrête de faire du surplace. Il faut renoncer. Soit, on avance, ou soit, on s'ignore. Choisis Gaëtan. C'est plus simple.

— On avance. Je ne veux pas d'incompréhension.

— Je n'ai plus le temps de te parler. Je sais que tu veux te cacher pendant deux semaines, car il sera là. On en reparlera donc.

— Pff. En février, j'ai toujours communiqué avec toi, alors que j'étais chez lui. Donc, arrête de me pousser à bout aussi.

— Je refuse de jouer à cache-cache.

— Accepte de voir ce que je fais pour venir vers toi.

— Je veux vivre dans la transparence.

— Je comprends. Mais, je n'ai pas changé les délais entre-temps.

— C'est plus simple que tu croies. Tu as envie de faire caca, tu fais caca. Point barre.

— Shah, je serai là. Je ne gâcherai rien. Sois avec moi. Oui ?

— À plus. Tu dois devenir aussi courageuse que ton ambition l'exige, sinon résigne-toi.

— Oui, je comprends.

— Pour le moment. Pas de progrès.

— Je ne reprends pas mon amour. Et toi ?

— Active-le.

— Et toi ?

— J'avance.

— C'est dur. Je ne comprends pas, je ne comprends pas, je ne comprends pas !

— Tant que l'abcès n'est pas crevé, le doute minera notre relation. Je pars pour garder un semblant d'amour-propre.

— Pourquoi, moi, je ne doute pas de toi ? Tu es à mille kilomètres. Tu crois que je passe d'un homme à un autre, sans scrupule. Mais, quelle idée te fais-tu de moi ?

— Tu possèdes la clef, et moi les chaussures de course. C'est ton choix. Tant qu'il ne sait rien, nous serons dans une impasse.

— Je paie. O.K. On se plante tous. On a une histoire. La mienne est ce qu'elle est, O.K. J'ai essayé jusqu'au bout. Peut-être trop. J'ai eu un bébé, et ça m'a freinée. C'est humain. Je n'en veux à personne. Arrête de me définir. J'ai fait. J'ai vécu. J'assume le résultat. Une relation dysfonctionnelle s'achève. Quoi qu'il en soit, cela se passera comme cela devra se passer. Je n'ai aucune crainte. Je ne prends personne pour un con. J'aime quelqu'un d'autre, toi. Cela ne me donne pourtant pas le droit d'écraser mon mari. De l'humilier sur la place publique. J'ai une relation avec toi, qui dure depuis vingt-six ans. Je ne l'ai pas trompé, cocufié avec un vulgaire premier venu. Je refuse de le fragiliser, de l'humilier. Il se peut qu'il m'en veuille, et il se peut qu'il comprenne. Il saura en tout cas que c'est par égard pour lui que j'ai retardé l'échéance. Il sait combien je peux être brutale. Donc, je n'ai aucune crainte. Nous avons une histoire que je tiens à respecter, lui et moi.

— Chère infidèle. Tu es ma malade mentale préférée.

— Désespérant. Tu te fatigueras de moi à cette allure. J'en ai peur. J'ai des visions de toi. Et je ne suis pas malade mentale. Folle de toi, oui. Je ne me voyais pas comme infidèle avant. J'ai cru, naïvement peut-être, que je n'étais pas infidèle parce que je t'aimais. Ce n'est pas du vice, mais de l'amour.

— Tu es infidèle, ma chérie.

— Je te suis fidèle, Shah.

— Non. C'est faux. Tu es avec un autre homme. Tu n'as jamais été à moi pour de bon. Même pas une fois.

— Je te suis fidèle sentimentalement depuis 1991.

— Ah ! Ah ! Ah ! C'est comique comment tu te voiles la face. J'adore.

— Tant pis. Je sais pourquoi tu m'aimes. Tu es aussi fou que moi.

— Pas aussi fou, non. Te regarder te mentir m'amuse pour l'instant. Jusqu'à ce que ça ne m'amuse plus.

— O.K. je suis infidèle.

— Toi, oui. Je dois m'en souvenir pour ne pas finir par me faire avoir. Non ?

— Tu me blesses, et je l'accepte, car ça arrive surtout avec les gens qu'on aime. Sinon ça n'a aucune importance. Mais, c'est blessant ce que tu viens de me dire.

— Tu me blesses infiniment plus par tes tergiversations, et j'endure depuis longtemps déjà.

— Alors que depuis plus de vingt ans cette infidélité est exclusivement tournée vers toi, tu oses me dire que tu dois faire attention à moi ? Tu es gonflé. Je t'aime et t'ai toujours cherché.

— Pas gonflé. Tu es emmêlée dans tes contradictions depuis toujours. Si tu m'as trouvé, c'est aussi parce que je voulais bien que tu me trouves. Mais le voulais-tu tant que ça ? Ne préfères-tu pas plutôt l'idée de Shah, à Shah lui-même ?

— Si tu ne me fais pas confiance, ça ne marchera pas.

— Sois honnête. C'est tout ce qu'on te demande. On t'aimera de toutes les façons.

— Honnête à-propos de quoi ?

— Avec toi-même. Si un homme te disait ce que tu me dis… « Je ne veux pas lui faire de mal en la quittant comme ça », oh là là ! Ô drame ! Ô grand dam ! « Les hommes sont tous pareils. Tous des maldragueurs. L'un ne vaut pas l'autre. » Wep. J'observe ton fonctionnement, Annelise.

— Mon infidélité n'était pas réelle tant que je n'avais pas couché avec toi. Ensuite, mon amour pour toi était aussi virtuel que le tien pour moi, car sans emprise concrète. Aujourd'hui, tu me parles d'honnêteté. Mais, dis-moi, dans ce tribunal de l'intention, il n'y a qu'une place, qu'un juge, et qu'une accusée ? Je suis honnête dans ma démarche avec toi. Tu me pousses à bout.

— Es-tu honnête dans ta démarche avec Gaëtan ?

— Le besoin de discrétion ? Pour vivre ce qu'on veut vivre, on est obligé d'enfoncer la tête des autres sous l'eau ? De les gribouiller de nos matières fécales en pleine face ? Je dis non, et non !

— Tu es un pire juge de toi-même que je ne le serai jamais.

— Ton cynisme m'horripile. Au minimum un peu d'amour. La compassion Shah, tu connais ? Je ne comprends pas ce besoin de me définir négativement sans cesse.

— Cache-toi derrière moi. Oui, mes épaules sont larges. Attaque. Retourne la situation.

— Tu ne me fais pas confiance, et c'est biaisé dès le départ. Je n'attaque rien ni personne. Chaque jour que je t'expose mon amour, tu me renvoies à mes soi-disant contradictions.

— Ose donc tout lui dire pour en finir. Tu auras la vie en partage.

— Accepte mon amour ou bien dis-moi que tu n'en veux pas. Il s'agit simplement de ça. Car l'infidélité, c'est un jugement que tu n'as pas à me lancer à la figure. Et spécialement, quand tu en es l'objet.

— La vérité ne change pas parce que c'est de toi qu'on parle. Je t'ai aidée une fois seulement à être infidèle dans l'espoir immédiat de te récupérer, et parce que pour moi, c'est dans l'ordre des choses. Je réclame ce qui est mien. Sinon, tu fileras sans cesse avec le vent. Pas de honte à cela. Je t'aime.

— Tu me juges constamment. Tu as raison, j'ai déjà un juge implacable, moi. Pire que toi, certes. J'espérais simplement un peu de bienveillance. On n'est pas obligé d'enfoncer un couteau dans le cœur du giraumon à chaque fois.

J'ai placé ma vie, mes espoirs et toutes mes faiblesses dans tes mains. Je voudrais que tu voies que c'est une preuve d'amour, pour qu'on arrête le massacre. Ce qui est à toi vient vers toi. Dans moins de cinq mois, après vingt-six ans. Alors, ne perdons pas cela de vue. Et si je suis folle, c'est de toi.

— Je te veux folle de moi, avec moi. Dans mon lit, nuit après nuit. Pas aussi loin de moi. Ton infidélité ne me dérange que parce qu'elle ne te livre pas à moi assez vite.

Les mots à peine sortis de sa bouche, tout d'un coup, Shah se rendit compte qu'il n'avait plus la force d'insister, de convaincre, plus la force de chambarder le destin, plus la force de continuer comme ça à se débattre en vain. Il n'y croyait plus. Les esprits avaient eu tort. La forêt avait eu tort. Dieu avait eu tort. Ça pouvait arriver. Il continuerait d'aimer Annelise, mais à distance. Il la maintiendrait à l'écart. Victime de ses craintes, il ne croyait plus en elle. Questionnements incessants, doutes écrasants, et désir d'une inconcevable rupture amicale. Elle devait juste arrêter d'occuper toute cette place dans son esprit. Le monde tournait. Il devait tourner avec lui. Reprendre son souffle. Rien ne devait l'arrêter, même pas une femme qu'il aimait. Être ensemble n'aurait jamais dû être aussi fastidieux. Exaspéré, Shah arrêta de se battre contre l'inertie.

Silence. Annelise n'existait déjà presque plus, mais elle continuait de parler.

— Je ne te juge pas. En tout cas, j'évite. J'essaie de te comprendre. Parfois, tu me fais peur, mais je sais que tu ne me veux que du bien, donc je n'ai jamais vraiment peur. Je veux pouvoir te parler sans me censurer, sans anticiper tes réactions, et sans avoir à me taire pour éviter des histoires. Je dois pouvoir te dire ce que je pense, ce que je veux, et même pouvoir t'agacer, être vraie avec toi. Je ne t'ai jamais rien caché, ni mes doutes, ni mes espoirs, ni mes forces ni mes faiblesses. Depuis le premier jour, je n'ai pas varié. Ton amie, ton amante, et bientôt ta femme. Bye Shah. Tu finiras par m'accepter comme je suis.

Sujet : Pourquoi as-tu fait ça ?

Eh oui. Ton mot de passe est faible ! Le nom de notre fille, tu rigoles ?

J'ai voulu te faire une surprise en réglant ta note de portable pour ton anniversaire. J'ai vu le détail de tes appels sur la note que j'ai consultée en ligne. Ça t'en bouche un coin ? Tu ne t'y attendais pas, hein ? Comment as-tu pu me faire ça ? Tu me prends vraiment pour un demeuré. Non, mais. C'est toi la demeurée. C'est qui ce type avec lequel tu parles tous les jours ? Ne t'avise même pas de me mentir. J'ai son numéro. Je sais tout. Je sentais bien que tu me préparais un coup bas. Vermine, racaille, va. C'est comme ça que tu te venges ? Tu disais avoir pardonné, mais en fait, tu n'avais rien pardonné du tout. As-tu pensé à notre fille ? À l'exemple que tu lui donnes ? Au déshonneur que tu amènes dans ton foyer ? Dans ta famille ? Tu es vraiment méchante. Une vraie égoïste. Ce que j'ai fait, moi, au moins, je l'ai avoué. J'ai demandé pardon. C'était censé être de l'eau sous les ponts. Et tu crois vraiment qu'il va pouvoir te supporter, lui, l'Américain de mes deux ? Ne te fais aucune illusion. Je n'ai absolument pas l'intention de te laisser partir. Je vais te mener la vie dure, ma chère, si tu essaies quoi que ce soit. Tu n'as pas le droit de me salir avec tes cochonneries ; de détruire ce que nous avons construit, une vie, une carrière. Si près du but. Je suis ton mari. Résigne-toi, ma fille. Fais-toi une raison, fais comme tout le monde. Pour qui te prends-tu donc ?

Je suis à l'aéroport et serai chez ta mère dans moins de dix heures. Si tu ne veux pas de scandale et que j'ameute le quartier, je te conseille de ne pas partir te cacher je ne sais où ! On va régler cette histoire une fois pour toutes. Il n'est pas trop tard. Nous prendrons de nouvelles dispositions, voilà tout. Tu vas repartir avec moi. Vous me rejoignez en France. C'est décidé. À tout à l'heure.

Ayant perdu la volonté de faire vivre son mariage, elle cherchait à justifier sa décision par des provocations répétées. Lors de son dernier voyage, elle avait cherché à piéger Gaëtan en lui présentant une de ses nouvelles amies, également de passage. Elle avait tenté de réveiller le diable. Par habitude, pour le plaisir, il flirta avec la jeune femme. Quand Annelise lui fit remarquer son manque de tact, il la scruta comme s'il avait affaire à une folle furieuse qui se prenait pour une sainte-nitouche. Rabaissée, elle ravala ses reproches.

À quarante-cinq ans, chaque jour, elle usait ses genoux à prier Sainte-Marie, mère de Dieu, ou n'importe quel autre saint qui daignerait l'entendre.

L'incurie du monde alentour, la violence de Latif, les sexcapades de Gaëtan, et la pesanteur des silences de Shah constituaient les éléments déclencheurs du cancer qui rongeait son âme. Une dépression non diagnostiquée refaçonnait les circuits de son cerveau. Au détour d'une saute d'humeur, Annelise devenait Nola. Une guerrière

Amazone capable du pire. Son courage renversait les circonstances d'une vie sans perspective. Jouissant d'une volonté de fer, seule Nola, parce qu'elle se fichait des conventions, savait maîtriser le destin.

Aux petits soins, Gaëtan cherchait à être rassuré, mais ne voulait rien changer dans son fonctionnement. En prières interminables devant son mur des Lamentations, Annelise faisait pitié à voir. Le ti-punch à la main, Gaëtan la considérait du haut de son silence. Le reproche dans ses yeux scintillait vif et brûlant.

Puis le regard fixé sur un horizon invisible dans la pénombre, il se dirige vers le hamac de la terrasse, comme à son habitude quand ils se sont disputés. Depuis une semaine, ils sont tous deux murés dans un silence hostile. La mère d'Annelise préférait se faire rare et emmener Julie. Torse nu, quand ils n'étaient que deux, Gaëtan laissait sa peau vibrer sous les caresses du vent. Il savait Annelise sensible aux torses nus. Il exciterait peut-être la lubricité chez cette femme qu'il jugeait frigide. Patient, très patient. Il la mettait à mal par une violence langagière sans quartier et déversait sa bile. Annelise était aguerrie à son contact, et leurs duels oculaires, yeux de feux contre yeux de glace, finissaient par lasser, chacun reconnaissant en l'autre, un adversaire à sa mesure. Mais cette fois-ci, elle se sentait mal à l'aise, plus du tout à la hauteur de son acharnement.

— Pourquoi ne pas en parler maintenant ? Ta mère n'est pas là. Qu'il y a-t-il ? Il finit par s'impatienter.

Prenant son temps. Imperturbable, il la méprisait. Un rictus déformait ses lèvres brunies par les cigarettes qu'il enchaînait à longueur de journée. Au loin, brisant le silence, une voiture klaxonnait. Les rares automobilistes qui les apercevaient sur la terrasse manifestaient bruyamment leur sympathie à Gaëtan. Ils l'appelaient président.

Effacée devant lui, ne se maquillant que rarement, et manquant singulièrement d'assurance en public, Annelise préférait se taire plutôt que se faire remarquer. Gaëtan avait rarement cette retenue. Dans une assemblée, on était sûr d'entendre sa voix rauque, et son phrasé unique. Habitué à dominer, il prenait le temps de s'exprimer. Racontées par lui, des histoires banales prenaient de l'envergure. Comme le récit d'un automobiliste que les gendarmes suivaient, et à qui ils faisaient signe de s'arrêter parce qu'il avait un pneu crevé. Au summum de l'ivresse, croyant avoir affaire à un automobiliste lambda qui cherchait à l'ennuyer à coups de klaxon répétés. L'homme exhorta ce dernier du geste, du verbe, et de quelques autres vulgarités à passer son chemin. Excédé par tant de grossièretés, le gendarme l'obligea à se ranger, prenant vite note de son état d'ébriété, il immobilisa de suite son véhicule et le jeta en cellule de dégrisement. Racontée par Gaëtan, l'anecdote devenait épique. Une fable que chacun garderait en mémoire une fois sur la route. Chaque injure lancée par le malheureux provoquait l'hilarité tant Gaëtan savait faire ressortir le cocasse de la situation. Il mimait, tel un comédien doué, l'état du pauvre bougre, tant et si bien qu'on arrivait à en avoir une représentation précise, sans jamais l'avoir rencontré.

Pour l'heure, il se résolvait à interroger Annelise des yeux. Face à un être perspicace, elle se gardait de laisser transparaître ses états d'âme. Elle prendrait sa revanche en le quittant bientôt. Peu sûr de pouvoir la convaincre de changer d'avis, il s'en doutait, mais voulait la pousser à avouer. Pour préserver sa fierté, il fit le choix de faire l'indifférent. Elle était libre, de se tromper, d'errer, de se faire prendre par une escadrille de maringouins concupiscents et zikateux, si elle le désirait. À quoi bon crier de douleur devant quelqu'un comme ça ? Quelqu'un qui vous fait un péché dans le dos. Après tout le mal qu'ils s'étaient donné pour reconstruire leur couple ? Que disait encore la thérapeute où Annelise l'avait traîné moins de trois ans plus tôt à Paris ?

« Donner du temps au temps. » Quelle foutaise ! Ça faisait des jours qu'il observait son manège sans rien dire. Annelise préparait ses valises en catimini. L'impudence de cette femme pourtant si belle et si gracieuse ne connaissait aucune borne ? La rancune tenace, incapable de vivre l'instant présent, il lui fallait sans cesse imaginer, concocter des drames pour exister. Dommage qu'ils n'aient pas discuté plus longuement avant de partager un lit et de mettre un enfant au monde. À l'instar d'Annelise, Gaëtan ne prisait guère l'introspection. Il laissait pourtant la porte ouverte à une réconciliation.

— Quand pars-tu ? lança-t-il à brûle-pourpoint. Surprise, Annelise répondit faiblement :

— Bientôt.

Elle se leva d'un coup, paniquée par un aveu mécanique, sautant presque sur ses deux pieds et prit la fuite. Gaëtan l'agrippa par le bras pour la tirer violemment contre lui.

— Où comptes-tu aller ainsi ?

Annelise sentit la crainte lui traverser le ventre. Jamais brutale auparavant, la main de Gaëtan maintenant enserrait son poignet comme un étau de fer. Impossible de s'en dégager. Il faisait appel à toute sa volonté pour ne pas meurtrir sa chair. La séparation amicale dont elle avait rêvé ne risquait plus d'arriver. L'acte final d'un couple déchiré par mille mensonges. Avant même sa visite, il l'avait insultée.

Tout s'était entremêlé dans son cœur et dans sa tête aussi. Son prétendu bourreau n'était pas seulement Gaëtan, mais Latif et Shah aussi. La somme des hommes passés dans sa vie qui n'avaient fait que prendre, qu'extraire son nectar, et n'avaient donné guère plus qu'un plaisir avide, ponctuel, allié d'espoirs sans lendemain. Ils n'avaient touché que la surface d'un être aux mille contradictions. La face impavide d'Annelise retenait à grand-peine une mer de haine turbulente. À cette période, elle se laissa conquérir par Nola et ses harangues vindicatives : «Tu lui as donné tes meilleures années. Regarde comment il te récompense. Cet imbécile prospère ne te comprend pas. Tout pour sa carrière, et en plus, il te trompe avec la première culotte venue. Arrête de faire celle qui ne sait rien. Bonne vache. Sors de ton verger ratatiné. Tu élèves Julie seule. Tu maintiens les apparences pour que monsieur, sans boulet aux pieds, soit bien considéré. Tu fermes ton clapet et oublies tes propres aspirations. Aucun respect. Tu mérites mieux. »

Elle atteint le point de non-retour, le jour où des amies du quartier, de visite chaque soir, finirent par se mêler de sa vie conjugale. Se moquant des hommes en général, et de leurs propres déboires amoureux en particulier, le rire plein la bouche, les larmes aux yeux, elles lui contèrent les indiscrétions de Gaëtan avant qu'il ne devienne son mari. Avant la réussite, quand il fanfaronnait encore dans des costumes brillants, aux volants des Allemandes qu'on lui prêtait. Le bougre était connu dans toutes les boîtes et autres plaques tournantes de la chair de son archipel de la sensualité. Son passé restait son passé. Une source inépuisable de divertissement.

« Sans vouloir te vexer, ma très chère, nous ne faisons que donner la blague. » Parmi elles, Sylvie se moquait de Gaëtan plus farouchement que les autres. Sans doute, comme on l'avait rapporté, parce qu'un soir d'ivresse, l'homme volage avait rejeté ses avances. Trop fade et trop foncée. Elle ne lui plaisait pas. Elle aurait pu comprendre ses hésitations à tromper sa jeune femme avec une amie, mais pas ce rejet brutal et gros soulier de sa personne. Ennemie secrète, elle maintenait sa place dans le cercle des proches. Personne n'était censé connaître son secret. Elle pouvait tout nier. Un jour viendrait, pensait Nola, où la présence de Sylvie serait opportune.

Annelise tournait en rond dans un monde d'impossibilités manifestes se sentant esseulée. Nola, elle, enhardie, avait recherché des poisons indétectables et d'autres manières de nuire sur Internet. Elle y trouvait souvent l'inspiration. Au début, effrayée par la voix qui la dérangeait, Annelise finit par l'accepter, et même par la rechercher, car elle lui redonnait de l'aplomb. La voix de son alter ego la comprenait mieux que quiconque. Son assiduité devant les soaps américains, brésiliens et indiens, consommés à longueur de journée n'arrangeait rien à ses inclinaisons. La frontière entre la réalité et la fiction se diluait lentement. Parvati avait empoisonné son mari dans les « *chemins du destin* », et Jane dans « *Empire* » avait tiré sur son mari et fait porter le chapeau à sa maîtresse. Les exemples de meurtrières endurcies à qui il n'était rien arrivé pullulaient. D'un air ingénu, Annelise miroitait à qui elle ferait porter le chapeau elle aussi.

Seule dans la grande maison maternelle entourée d'un jardin arboré, le silence finissait toujours par faire augmenter l'angoisse. Elle ne l'avouait jamais. Devant Gaëtan, il ne fallait pas paraître faible. « Il achèverait de t'anéantir, » lui soufflait Nola. Gaëtan abhorrait la faiblesse, et la maintenait sous sa botte par des jugements sans appel ; elle qui ne comprenait rien, ne savait pas aimer, ou aimait n'importe qui sans réfléchir. Elle qu'il croyait lâche, naïve, sans ambition, à l'esprit provincial.

Cet après-midi-là, préparant un festin pour le soir, s'affairant au-dessus de ses casseroles,

Annelise ruminait. Puis, dans un verre non assorti à son service à liqueur, Nola mixait un Planteur dans lequel elle versa un puissant neuroleptique, 900 mg de son Tercian écrasé en poudre fine. Puis, elle se rendit au jardin pour cueillir une mangue greffée bien mûre qu'elle avait repérée au petit matin, avant que les oiseaux ne l'accaparent. Elle en avait très envie.

Caressant ses nouvelles tresses, elle sifflait pour tromper l'ennui. Nola avait déjà traversé la moitié de la propriété quand une sensation de liberté l'emplit et la fit taire. La morsure du soleil plus vive que d'habitude entaillait son épiderme. Elle humait, s'amusait, et fouettait l'air de ses tresses au rythme d'une salsa que personne n'entendait. Une heure plus tard, venue récupérer un document oublié, sa mère la retrouva accroupie, à demi nue au pied d'un poirier lisse, imberbe, auquel elle s'accrochait en sanglotant, le suppliant tout bas de la laisser partir. Confrontée à la frayeur de celle-ci, Annelise se passa la main sur la tête, puis brisa brusquement sa stupeur, un sourire rassurant aux lèvres. Elle s'était rendu compte que Nola lui avait joué un tour.

— Annelise, tes copines vont bientôt arriver, et tu n'es même pas prête ma fille. Que se passe-t-il ?

Annelise lui sourit de plus belle et ricana en direction de la salle de bain. La pauvre ne comprit rien et se pressa au-dehors ne sachant quoi penser. Encore chez une tante, Julie reviendrait plus tard avec sa grand-mère. Entourée qu'elle était d'adultes lugubres et graves, un peu de distance pour s'échauffer avec ses cousines dans des jeux improvisés ne pouvait lui faire que le plus grand bien.

La délivrance était proche. Sans raison particulière, Nola désirait partager sa joie. Elle annonça à ses amies assemblées pour le dîner que son mari ne se joindrait pas à elles. On lui amènerait un plat plus tard. Pour l'heure, il se reposait dans la chambre, la télé allumée, éloignée des palabres des femmes. Ce soir, la basse-cour se tiendrait en cercle fermé, privée de son seigneur. Comme attendu, prétextant une visite aux cabinets, Sylvie, l'ennemie secrète, se risqua à narguer le bourreau de son cœur en allongeant le cou dans l'entrebâillement de la porte de la chambre. Nola qui distribuait les ti-punchs, profitant de son retour, l'a mis à contribution la chargeant d'amener le verre mal assorti qu'elle lui tendait à Gaëtan. Avec une compassion feinte, lui tendant son verre sans mot dire, Sylvie dévisagea Gaëtan d'un air moqueur pour la seconde fois ce soir-là. Il ne sentit pas le vent tourner et se mit à siroter son Planteur allègrement. De la chambre, il percevait les éclats de rire de Nola. Le zouk rythmait les festivités. La bonne humeur fusait de toute part. Repues de bonne chère et de bonnes paroles, les voisines finirent par prendre congé.

La transe recommençait. Nola chassa Annelise une fois de plus. « Le moment est arrivé. Qu'est-ce que tu attends pour le faire payer ? Fais-le goûter à ce qu'il t'a fait subir. » L'obsession primordiale reprit le dessus. Une fois la compagnie bien loin, Nola se précipita dans la cuisine.

Deux heures après la dernière goutte, dans la chambre, immobilisé, un légume, il suait des cordes. Fiévreux, incapable de crier, de bouger, bavant pire qu'un bébé. À son tour, telle une ogresse, devant la porte d'entrée de la chambre, un couteau à saigner à la main, Nola secouait ses tresses tentaculaires nerveusement au rythme d'une musique endiablée. Gaëtan ne contrôlait plus ses muscles. Résigné, vulnérable, faible, il ferma les yeux parodiant une prière, s'abandonnant à un sort qu'il ne pouvait contrôler. Nola l'enjamba pour s'asseoir sur son ventre et le frapper en crescendo, telle une furie. Il fallait extirper le mal et l'humiliation que l'arrogance du machiste, quinze ans durant, lui avait fait subir ; ses bras lâchèrent de fatigue. Puis, plus rien. Le silence l'accabla. La terreur ramena Annelise à elle-même. Meurtri, l'homme s'accrochait à la vie. Il voulait la garder à tout prix. La vue floue, il devinait Annelise, déconfite, à genoux à côté du lit, le couteau sur le sol entre ses cuisses. Pas une goutte de sang. Il vivait encore. Elle se tenait le visage entre les mains, et pleurait des larmes sourdes. Gaëtan tenta lentement de sortir de sa stupeur. Impassible, ne pouvant toujours pas parler, il figea son regard sur elle, puis scruta le vide sans fin de leur perdition. Unie enfin dans cette communion de violence, elle lui avait tout dit. Tout expliqué, sans mot et si éloquemment. Il l'avait entendue finalement et vue aussi, même avec les yeux fermés. Déjà bien trop avancée dans la folie, le retour n'étant plus possible, il valait mieux pour elle qu'elle s'en allât.

Était-il trop tard ? Pouvait-elle encore reconquérir Shah ?

Horrifiée par l'énormité de ses actes, dans sa fuite précipitée, Annelise culbuta dans les courtes marches de l'escalier du premier pour tomber la tête en avant. Son épaule droite amortit sa lourde chute. Elle se rua vers sa Clio, sans prendre le temps d'évaluer son état, et démarra au quart de tour en direction de la Pointe. Elle, qui d'habitude faisait si attention sur la route, conduisait comme une forcenée, oubliant presque qu'elle avait mal à l'épaule. Dominée par la peur, elle pleurait des larmes chaudes. Arriver à Grand-Camp, chez Marilyn, demeurait son idée fixe.

Sans portable ni vêtement de rechange, elle débarqua chez son amie. Marilyn sentait bien que l'heure n'était pas aux questions. Il fallait parer au plus urgent. Grimaçante, Annelise se tenait le bras droit afin de soutenir une épaule ecchymosée. Un os asymétrique remontait sous sa peau. Il fallait sans tarder la conduire aux urgences. Ce soir-là, le médecin annonça qu'elle s'était déchiré un ligament, et lui prescrit du repos et des anti-inflammatoires. Elle lui installa une attelle pour limiter ses mouvements. Le bras droit en écharpe. Le temps de sa convalescence, Annelise allait dépendre de Marilyn.

De retour à la maison, la maman d'Annelise retrouva le portable de sa fille au pied de l'escalier, derrière la porte d'entrée. Elle paniqua à la vue de Gaëtan incapable de bouger, affalé grotesquement dans sa bave au pied du lit, un couteau de cuisine près de la tête. La Clio était absente du garage. Son cerveau ne fit qu'un tour. Elle imagina le pire. Elle sortit en trombe pour s'assurer que Julie ne verrait pas son papa dans ce piteux état. Elle tira l'enfant à la traîne vers la cuisine lui disant « Il faut laisser papa se reposer. »

— Laisse-moi, mamie. Je veux voir mon papa.

— Il dort. Laisse-le tranquille, j'te dis, l'enfant.

— Où est ma maman ? Pourquoi est-ce que tu as son portable ?

— Elle est sortie faire une course. Elle n'a pas dû se rendre compte qu'il avait glissé de ses poches. Donne-le-moi.

Dans la poubelle, elle aperçut une boîte de médicaments vide. Elle la souleva, et reconnut l'ordonnance de sa fille.

— J'arrive tout de suite. Prends une assiette, Julie, et sers-toi. Ta maman nous a laissé à manger dans le frigidaire. Je vais te réchauffer ton plat dans une minute. Reste dans la cuisine.

Dans la chambre, elle ramassa le couteau pour vite le faire disparaître. Elle balbutia faiblement une prière interminable. Elle inspecta les vêtements de Gaëtan à la recherche de traces de sang. Incapable de trouver une seule plaie, elle poussa un soupir de soulagement. Elle demanda à la voisine de surveiller la petite, et appela le SAMU. Aux urgences, elle insistait pour qu'on pompe l'estomac de son gendre. Elle devait savoir quelque chose, mais le docteur exigea son retrait de la salle d'auscultation, car il ne pouvait rien en tirer. Il ordonna des prises de sang et une batterie de tests, puis injecta une dose de Naloxone dans le bras de Gaëtan. Ce dernier resterait en observation pendant plusieurs jours.

Au téléphone, la maman d'Annelise fit frénétiquement le tour des copines de sa fille jusqu'à ce qu'elle tombât sur Marilyn. Annelise lui parla brièvement avant de tomber de sommeil. Le lendemain matin, devant un bol de café brûlant, contrite, Annelise expliqua à Marilyn et à sa mère les évènements de la veille. Elle lui avait ramené des vêtements, son portable, son ordinateur et tout ce qu'elle avait réclamé. Puis elle laissa couler quelques larmes de honte.

— Mi bab. As-tu pensé à ta fille ? Mais tu as perdu la tête, ma fille ? Tu ne peux pas rester tranquille à ton âge ? Tu jouis d'une situation enviable, tu as un mari remarquable, et tu fais comme si tout cela n'est rien. Qu'est-ce qui t'a pris ? Qu'est-ce qui ne va pas dans ta vie ? C'est l'œuvre du diable. Je te le dis, c'est le diable qui te fait faire ça ! Il faut apprécier ce que l'on a.

Anxieuse, Annelise avait bien dû appeler Shah une vingtaine de fois déjà, et lui avait laissé une dizaine de messages. Elle allait essayer de le joindre chaque jour si nécessaire. Le lendemain, rien n'y fit, non plus. Elle avait pourtant le bon numéro. Le surlendemain, Marilyn essaya de l'en dissuader, en pure perte. C'est le numéro de celle-ci qu'Annelise utilisa ce jour-là. Shah ne décrochait toujours pas. Pourtant, il ne possédait pas de fixe, seulement un portable. À quoi bon posséder un portable si recevoir des appels importaient si peu ? Même un pot de colle pouvait avoir des choses importantes à dire. Elle décida finalement de lui envoyer des SMS, et puis des mails. Elle était allée trop loin et craignait le pire, même si sa mère avait assuré avoir fait disparaître la pièce à conviction de son meurtre avorté.

— Il suffira de répéter que tu avais préparé deux punchs ce soir-là. Un pour toi et un pour lui. Il a pris le tien par erreur.

La peur au ventre, elle expliqua en détail ce qui s'était passé à Shah, cruel par son silence. Lui, plus que tous les autres, aurait dû la comprendre. Elle lui raconta tout dans l'espoir fou de réveiller une fois encore le restant d'affection au fond de son cœur. Lui seul savait réveiller la déesse qui somnolait en elle. Lui seul pourrait la tenir comme elle le souhaitait. Elle devait échapper à Gaëtan, aux jugements et à Nola.

À son retour d'hôpital, Gaëtan embrassa sa fille comme il ne l'avait jamais fait. Il lui parla comme il ne lui avait jamais parlé. Il lui demanda d'être sage, de dire la vérité, de toujours écouter son cœur, d'honorer la petite voix à l'intérieur, celle qui l'encourageait à toujours faire pour le mieux, même quand ce n'était pas facile. Personne ne lui tiendrait rigueur de ne pas vouloir ce que les autres veulent, de sa vérité à elle, de sa façon à elle de voir et de ressentir les choses, même si celles-ci dérangeaient certains et les empêchaient de tourner en rond. Mais, on lui tiendrait rigueur de sa malice et de ses mauvaises actions. Il fallait avoir le courage de dire oui, ou bien de dire non, mais en bonne conscience, et de faire le bien surtout, même quand le prix était élevé.

— Je suis ton père. Rien ne pourra changer ça, et tu pourras toujours venir me voir quand tu voudras.

Pourquoi lui parlait-il ainsi ? Julie ne comprenait pas et se mit à sangloter si fort que sa mamie, inquiète, sortit de la chambre pour voir ce qui se passait.

— Tiens. Madame Déjean. Je voulais vous dire que je m'en vais. Merci pour tout. Grâce à vous, je l'ai échappé belle. J'ai décidé de donner à votre fille ce qu'elle veut, même si elle n'a pas su le demander, sa liberté. À mon retour en France, j'entamerai la procédure de divorce. Dites-lui, s'il vous plaît, qu'elle n'a rien à craindre de moi. Je ne l'ai pas vraiment connue, moi qui pensais bien la connaître. Ne vous inquiétez pas. J'ai eu le temps de voir plus clair à l'hôpital. Nous ne pouvons plus continuer comme ça. Je ne lui en veux plus. Je voudrais simplement qu'elle renonce à mes biens, et qu'elle ne s'attende à rien de moi. En ce qui concerne ma fille, je ferai le nécessaire.

— Mais…

— Non, non. Madame Déjean, j'ai bien réfléchi. N'insistez pas. C'est pour le mieux. Au revoir madame.

Annelise pâle, mal foutue, hagarde, les yeux cernés, troublés, faisait encore pitié à Marilyn une semaine plus tard. Elle alluma son ordinateur, consulta ses mails et se mit fébrilement à éliminer un à un son courrier indésirable avant de se rendre compte trop tard d'un nom d'expéditeur insolite à la résonance familière : Maisha. Il fallait recouvrer le mail éliminé. Cédant à l'affolement, elle sollicita l'assistance de Marilyn plus douée qu'elle pour ce genre de manipulation. En cliquant sur corbeille, Marilyn réussit à extraire le mail en question.

Sujet : Re : Mon amour. Au secours

Annelise, tu es vraiment malade. Plus malade encore que je ne l'aurais cru. Pourquoi as-tu fait ça ? Tu me fais peur, tu sais. Promets-moi que tu accepteras de te faire soigner. J'insiste. Si tu m'aimes, tu diras oui. On aurait pu éviter tout cela si tu m'avais écouté. Tu n'en fais vraiment qu'à ta tête. Je ne pourrais te recevoir que si tu acceptes mes conditions.

— Non, mais, il se prend pour qui ce mach…

Annelise lui plaça une main sur la bouche avant que Marilyn ne puisse finir sa phrase. Sa joie était immense. Elle composait déjà le numéro de Shah.

« J'arrive Shah. J'arrive. »

Du même auteur

— . *The Unraveling of a Disgruntled Employee.*
ProficiencyPlus, 2016.

— . *Le Conservatisme Noir Américain.*
ProficiencyPlus, 2016.

— . *Deux semaines en janvier. ProficiencyPlus,*
2016.

— . *Chronique d'un Noir à la dérive.*
ProficiencyPlus, 2016.

— . *Teaching for Transformation: Teaching from
the Heart. ProficiencyPlus, 2016.*

— . *J'aurais été un dieu. ProficiencyPlus, 2017.*

— . *Broken Happy. ProficiencyPlus, 2017.*

— . *The Harder the Pain: À Compilation.*
ProficiencyPlus, 2017.

— . *Au Royaume de mon Père. ProficiencyPlus,*
2018.

— . *Brisé Décalé. ProficiencyPlus, 2019.*

— . *Pédagogie de la Transformation.*
ProficiencyPlus, 2021.

— . *Miette d'Empire ou la Tentative du Déni.*
Les Impliqués, 2022.

— . *Le Sursaut. ProficiencyPlus, 2022.*